봄봄 동백꽃

클래식 보물창고 6
봄봄 동백꽃

초판 1쇄 2010년 8월 5일 | 초판 4쇄 2020년 5월 25일
지은이 김유정 | **펴낸이** 신형건 | **펴낸곳** (주)푸른책들 · **임프린트** 보물창고
등록 제321-2008-00155호
주소 서울특별시 서초구 양재천로7길 16 푸르니빌딩 (우)06754
전화 02-581-0334~5 | **팩스** 02-582-0648
이메일 prooni@prooni.com | **홈페이지** www.prooni.com
인스타그램 cafe.naver.com/prbm | **홈페이지** blog.naver.com/proonibook

ISBN 978-89-6170-117-4 04850
＊잘못된 책은 구입한 곳에서 바꾸어 드립니다.

ⓒ (주)푸른책들, 2010
＊이 책 내용의 일부 또는 전부를 재사용하려면 반드시 저작권자와
(주)푸른책들 양측의 서면 동의를 얻어야 합니다.

이 도서의 국립중앙도서관 출판시도서목록(CIP)은 e-CIP홈페이지(http://www.nl.go.kr/ecip)와 국가자료공동목록시스템(http://www.nl.go.kr/kolisnet)에서 이용하실 수 있습니다. (CIP제어번호:CIP2010002235)

표지 및 본문 그림 | 김재홍

보물창고는 (주)푸른책들의 유아, 어린이, 청소년, 문학 도서 임프린트입니다.

봄봄
동백꽃

김유정 지음

보물창고

차례

1부

봄봄 ● 9

동백꽃 ● 28

이런 음악회 ● 40

두포전 ● 47

2부

땡볕 ● 94

금 따는 콩밭 ● 105

노다지 ● 124

만무방 ● 141

주석 ● 182
작품 해설 ● 194
작가 연보 ● 199

● 일러두기

1. 이 책은 1933년부터 1939년까지 발표된 김유정의 작품 중에서 청소년부터 성인 독자까지 두루 공감할 만한 대표적인 단편 8편을 가려 뽑아 실었다.
2. 가능한 한 원문을 살렸으나 이미 사라진 말은 글이 손상되지 않는 범위에서 현대 독자들이 읽기 쉽게 오늘날의 한글맞춤법에 맞게 바로잡았다.
3. 대화는 읽기 쉽게 별행으로 처리하였고, 대화에 나오는 속어·방언·구어체는 그대로 살렸다.
4. 근거를 찾을 수 없는 지문의 표기는 삭제했고, 김유정 문학의 특수성에 의거하여 이음 및 장음부호(-)는 살렸다.
5. 설명이 필요한 어휘는 각 작품마다 주석을 달아 표시하고 권말에 그 뜻을 밝혔다.

제1부

봄봄

동백꽃

이런 음악회

두포전

봄봄

"장인님! 인젠 저—"

내가 이렇게 뒤통수를 긁고 나이가 찼으니 성례[1]를 시켜 줘야 하지 않겠느냐고 하면 그 대답이 늘

"이 자식아! 성례구 뭐구 미처 자라야지—"

하고 만다.

이 자라야 한다는 것은 내가 아니라 장차 내 아내가 될 점순이의 키 말이다.

내가 여기에 와서 돈 한 푼 안 받고 일하기를 삼 년하고 꼬박이 일곱 달 동안을 했다. 그런데도 미처 못 자랐다니까 이 키는 언제야 자라는 겐지 짜장[2] 영문 모른다. 일을 좀 더 잘해야 한다든지 혹은 밥을(많이 먹는다고 노상 걱정이니까) 좀 덜 먹어야 한다든지 하면 나도 얼마든지 할 말이 많다. 하지만

점순이가 아직 어리니까 더 자라야 한다는 얘기에는 어쩌 볼 수 없이 그만 벙벙하고[3] 만다.

이래서 나는 애초에 계약이 잘못된 걸 알았다. 이태면 이태, 삼 년이면 삼 년, 기한을 딱 작정하고 일을 해야 할 것이다. 덮어놓고 딸이 자라는 대로 성례를 시켜 주마, 했으니 누가 늘 지키고 섰는 것도 아니고 그 키가 언제 자라는지 알 수 있는가. 그리고 난 사람의 키가 무럭무럭 자라는 줄만 알았지 붙박이 키에 모로만 벌어지는 몸도 있는 것을 누가 알았으랴. 때가 되면 장인님이 어련하랴 싶어서 군소리 없이 꾸벅꾸벅 일만 해 왔다. 그럼 말이다, 장인님이 제가 다 알아차려서

"어 참, 너 일 많이 했다. 고만 장가들어라."

하고 살림도 내 주고 해야 나도 좋을 것이 아니냐. 시치미를 딱 떼고 도리어 그런 소리가 나올까 봐서 지레 펄펄 뛰고 이 야단이다. 명색이 좋아 데릴사위지 일하기에 싱겁기도 할 뿐더러 이건 참 아무것도 아니다.

숙맥이 그걸 모르고 점순이의 키 자라기만 까맣게 기다리지 않았나.

언젠가는 하도 갑갑해서 자를 가지고 덤벼들어서 그 키를 한번 재 볼까, 했다마는 우리는 장인님이 내외를 해야[4] 한다고 해서 마주 서 이야기도 한마디 하는 법 없다. 우물길에서 어쩌다 마주칠 적이면 겨우 눈어림으로 재어 보고 하는 것인데 그럴 적마다 나는 저만치 가서

"제—미 키두!"

하고 논둑에다 침을 툌 뱉는다. 아무리 잘 봐야 내 겨드랑(다른 사람보다 좀 크긴 하지만) 밑에서 넘을락 말락 밤낮 요 모양이다. 개돼지는 푹푹 크는데 왜 이리도 사람은 안 크는지, 한동안 머리가 아프도록 궁리도 해 보았다. 아하, 물동이를 자꾸 이니까 뼈다귀가 옴츠러드나 보다 하고 내가 넌짓넌짓 그 물을 대신 길어도 주었다. 뿐만 아니라 나무를 하러 가면 서낭당에 돌을 올려놓고

"점순이의 키 좀 크게 해 주십시오. 그러면 담엔 떡 갖다 놓고 고사 드릴 테니까요."

하고 치성도 한두 번 드린 것이 아니다. 어떻게 돼먹은 킨지 이래도 막무가내니—

그래 내 어제 싸운 것이지 결코 장인님이 밉다던가 해서가 아니다.

모를 붓다[5]가 가만히 생각을 해 보니까 또 싱겁다. 이 벼가 자라서 점순이가 먹고 좀 큰다면 모르지만 그렇지도 못할 걸 내 심어서 뭘 하는 거냐. 해마다 앞으로 축 거불지는[6] 장인님의 아랫배(가 너무 먹은 걸 모르고 내병[7]이라나 그 배)를 불리기 위해서는 조금도 심고 싶지 않다.

"아이구, 배야!"

난 모를 붓다 말고 배를 쓰다듬으면서 그대로 논둑으로 기어올랐다. 그리고 겨드랑에 꼈던 벼 담긴 키를 그냥 땅바닥에

털썩 떨어뜨리며 나도 털썩 주저앉았다. 일이 암만 바빠도 나 배 아프면 그만이니까. 아픈 사람이 누가 일을 하느냐. 파릇파릇 돋아 오른 풀 한 숲8을 뜯어 들고 다리의 거머리를 쓱쓱 문대며 장인님의 얼굴을 쳐다보았다.

논 가운데서 장인님도 이상한 눈을 해 가지고 한참 날 노려보더니

"너, 이 자식. 왜 또 이래, 응?"

"배가 좀 아파서유!"

하고 풀 위에 슬며시 쓰러지니까 장인님은 약이 올랐다. 저도 논에서 철벙철벙 둑으로 올라오더니 잡은참9 내 멱살을 움켜잡고 뺨을 치는 것이 아닌가.

"이 자식아, 일허다 말면 누굴 망해 놀 셈속이냐. 이 대가릴 까놀 자식!"

우리 장인님은 약이 오르면 이렇게 손버릇이 아주 못됐다. 또 사위에게 이 자식 저 자식 하는 이놈의 장인님은 어디 있느냐. 오죽해야 우리 동리에서 누굴 물론하고 그에게 욕을 안 먹는 사람은 명이 짧다 한다. 조그만 아이들까지도 그를 돌아 세워 놓고 욕필이(본 이름이 봉필이니까) 욕필이, 하고 손가락질을 할 만치 두루 인심을 잃었다. 하나 인심을 정말 잃었다면 욕보다 읍의 배참봉댁 마름10으로 더 잃었다. 본디 마름이란 욕 잘하고 사람 잘 치고 그리고 생김 생기길 호박개11 같아야 쓰는 거지만 장인님은 외양이 똑 됐다. 장인님이 닭 마

리나 좀 보내지 않는다든가 애벌논[12] 때 품을 좀 안 준다든가 하면 그해 가을에는 영락없이 땅이 뚝뚝 떨어진다. 그러면 미리부터 돈도 먹이고 술도 먹이고 안달재신[13]으로 돌아치던 놈이 그 땅을 슬쩍 돌라안는다.[14] 이 바람에 장인님 집 빈 외양간에는 눈깔 커다란 황소 한 놈이 절로 엉금엉금 기어들고, 동리 사람은 그 욕을 다 먹어 가면서도 굽신굽신하는 게 아닌가.

그러나 내겐 장인님이 감히 큰소리할 계제가 못 된다.

뒷생각은 못하고 뺨 한 개를 딱 때려 놓고는 장인님은 무색해서 덤덤히 쓴 침만 삼킨다. 난 그 속을 퍽 잘 안다. 조금 있으면 갈[15]도 꺾어야 하고 모도 내야 하고, 한창 바쁜 때인데 나 일 안 하고 우리 집으로 그냥 가면 그만이니까. 작년 이맘때도 트집을 좀 하니까 늦잠 잔다고 돌멩이를 집어 던져서 자는 놈의 발목을 삐게 해 놨다. 사나흘씩이나 건성 끙끙 앓았더니, 종당에는 거반 울상이 되지 않았던가.

"얘, 그만 일어나 일 좀 해라. 그래야 올갈에 벼 잘되면 너 장가들지 않니?"

그래 귀가 번쩍 뜨여서 그날로 일어나서 남이 이틀 품 들일 논을 혼자 삶아 놓으니까 장인님도 눈이 커다랗게 놀랐다. 그럼 정말로 가을에 와서 혼인을 시켜 줘야 원 경우가 옳지 않겠나. 볏섬을 척척 들여쌓아도 다른 소리는 없고 물동이를 이고 들어오는 점순이를 담배통으로 가리키며

"이 자식아, 미처 커야지. 저걸 데리구 무슨 혼인을 한다구 그러니 원!"
하고 남 낯짝만 붉혀 주고 그만이다. 골김에[16] 그저 이놈의 장인님하고 댓돌에다 메다꽂고 우리 고향으로 내뺄까 하다가 꾹꾹 참고 말았다.

참말이지 난 이 꼴 하고는 집으로 차마 못 간다. 장가를 들러 갔다가 오죽 못났어야 그대로 쫓겨 왔느냐고 손가락질을 받을 테니까.

논둑에서 벌떡 일어나 한풀 죽은 장인님 앞으로 다가서며
"난 갈 테야유, 그동안 사경[17] 쳐내슈 뭐."
"너 사위로 왔지 어디 머슴 살러 왔니?"
"그러면 얼찐 성례를 해 줘야 안 하지유, 밤낮 부려만 먹구해 준다, 해 준다."
"글쎄 내가 안 하는 거냐, 그년이 안 크니까."
하고 어름어름[18] 담배만 담으면서 늘 하는 소리를 또 늘어놓는다.

이렇게 따져 나가면 언제든지 늘 나만 밑지고 만다. 이번엔 안 된다, 하고 대뜸 구장님한테로 담판 가자고 소맷자락을 내끌었다.

"아, 이 자식이 왜 이래 어른을."
안 간다구 버티고 이렇게 호령은 제 맘대로 하지만 장인님 제가 내 기운을 못 당한다. 막 부려 먹고 딸은 안 주고, 게다

땅땅 치는 건 다 뭐야—

그러나 내 사실 참 장인님이 미워서 그런 것은 아니다.

그 전날 왜 내가 새고개 맞은 봉우리 화전밭을 혼자 갈고 있지 않았느냐. 밭 가장자리로 돌 적마다 야릇한 꽃내가 물 컥물컥 코를 찌르고 머리 위에서 벌들은 가끔 붕붕 소리를 친다. 바위틈에서 샘물 소리밖에 안 들리는 산골짜기니까 맑은 하늘의 봄볕은 이불 속같이 따스하고 꼭 꿈꾸는 것 같다. 나는 몸이 나른하고 몸살(을 아직 모르지만 병)이 나려고 그러는지 가슴이 울렁울렁했다.

"어러이! 말이! 맘 마 마—"

이렇게 노래를 하며 소를 부리면 여느 때 같으면 어깨가 으쓱으쓱한다. 웬일인지 밭 반도 갈지 않아서 온몸의 맥이 풀리고 대고 짜증만 난다. 공연히 소만 들입다 두들기며—

"안야! 안야! 이 망할 자식의 소(장인님의 소니까) 대리[19]를 꺾어들라."

그러나 내 속은 정말 안야 때문이 아니라 점심을 이고 온 점순이의 키를 보고 울화가 났던 것이다.

점순이는 뭐 그리 썩 이쁜 계집애는 못 된다. 그렇다고 또 개떡이냐 하면 그런 것도 아니고 꼭 내 아내가 되어야 할 만치 그저 툽툽하게 생긴 얼굴이다. 나보다 십 년이 아래니까 올해 열여섯인데 몸은 남보다 두 살이나 덜 자랐다. 남은 잘도 헌칠히 크건만 이건 위아래가 뭉툭한 것이 내 눈에는 헐없이[20] 감참외 같다. 참외 중에는 감참외가 젤 맛 좋고 이쁘니까 말이다. 둥글고 커다란 눈은 서글서글하니 좋고, 좀 지쳐 찢어졌지만 입은 밥술이나 혹혹히[21] 먹음 직하니 좋다. 이따 밥만 많이 먹게 되면 팔자는 그만 아니냐. 헌데 한 가지 파가 있다면 가끔가다 몸이(장인님은 이걸 채신이 없이 들까분다고 하지만) 너무 빨리빨리 논다. 그래서 밥을 나르다가 때 없이 풀밭에다 깨빡을 쳐서[22] 흙투성이 밥을 곧잘 먹인다. 안 먹으면 무안해할까 봐서 이걸 씹고 앉았노라면 으적으적 소리만 나고 돌을 먹는 겐지 밥을 먹는 겐지.

그러나 이날은 웬일인지 성한 밥 채로 밭머리에 곱게 내려놓았다. 그리고 또 내외를 해야 하니까 저만큼 떨어져 이쪽으로 등을 향하고 옹크리고 앉아서 그릇 나기를 기다린다.

내가 다 먹고 물러섰을 때 그릇을 와서 챙기는데, 그런데 난 깜짝 놀라지 않았느냐. 고개를 푹 숙이고 밥함지에 그릇을 포개면서 날더러 들으라는지 혹은 제 소린지

"밤낮 일만 하다 말 텐가!"

하고 혼자서 쫑알거린다. 고대 잘 내외하다가 이게 무슨 소린가, 하고 난 정신이 얼떨떨했다. 그러면서도 한편 무슨 좋은 수나 있는가 싶어서 나도 공중을 대고 혼잣말로

"그럼 어떡해?"

하니까

"성례 시켜 달라지 뭘 어떡해."

하고 되알지게²³ 쏘아붙이고 얼굴이 발개져서 산으로 그저 도망질을 친다.

　나는 잠시 동안 어떻게 되는 심판인지 맥을 몰라서 그 뒷모양만 덤덤히 바라보았다.

　봄이 되면 온갖 초목이 물이 오르고 싹이 트고 한다. 사람도 아마 그런가 보다, 하고 며칠 내에 부쩍(속으로) 자란 듯싶은 점순이가 여간 반가운 것이 아니다.

　이런 걸 멀쩡하게 아직 어리다고 하니까—

　우리가 구장님을 찾아갔을 때 그는 싸리문 밖에 있는 돼지우리에서 죽을 퍼 주고 있었다. 서울엘 좀 갔다 오더니 사람은 점잖아야 한다고 윗수염이(얼른 보면 지붕 위에 앉은 제비 꼬랑지 같다.) 양쪽으로 뾰족이 뻗치고 그걸 애햄, 하고 늘 쓰다듬는 손버릇이 있다. 우리를 멀뚱히 쳐다보고 미리 알아챘는지

　"왜 일들 허다 말구 그래?"

하더니 손을 올려서 그 애햄을 후딱 했다.

　"구장님! 우리 장인님과 처음에 계약하기를—"

　먼저 덤비는 장인님을 뒤로 떠다밀고 내가 허둥지둥 달려들다가 가만히 생각하고

　"아니, 우리 빙장님과 처음에."

하고 첫 번부터 다시 말을 고쳤다. 장인님은 빙장님 해야 좋아하고, 밖에 나와서 장인님 하면 괜스레 골을 내려고 든다.

뱀도 뱀이라야 좋냐고, 창피스러우니 남 듣는 데는 제발 빙장님, 빙모님 하라고 일상 당조짐[24]을 받아 오면서 난 그것도 자꾸 잊는다. 당장도 장인님 하다 옆에서 내 발등을 꾹 밟고 곁눈질을 흘기는 바람에야 겨우 알았지만.

구장님도 내 이야기를 자세히 듣더니 퍽 딱한 모양이었다. 하기야 구장님뿐만 아니라 누구든지 다 그럴 게다. 길게 길러 둔 새끼손톱으로 코를 후벼서 저리 탁 튀기며

"그럼 봉필 씨! 얼른 성례를 시켜 주구려, 그렇게까지 제가 하구 싶다는 걸―"

하고 내 짐작대로 말했다. 그러나 이 말에 장인님이 삿대질로 눈을 부라리고

"아, 성례구 뭐구 계집애년 미처 자라야 할 게 아닌가?"

하니까 그만 멀쑤룩해서 입맛만 쩍쩍 다실 뿐이 아닌가.

"그것두 그래!"

"그래 거진 사 년 동안에도 안 자랐다니 그 킨 언제 자라지유? 다 그만 두구 사경 내슈―"

"글쎄, 이 자식아! 내가 크질 말라구 그랬니, 왜 날 보구 떼냐?"

"빙모님은 참새만 한 것이 그럼 어떻게 애를 낳았지유?"

(사실 장모님은 점순이보다도 귓배기 하나가 작다.)

장인님은 이 말을 듣고 껄껄 웃더니(그러나 암만해도 돌 씹은 상이다.) 코를 푸는 척하고 날 은근히 골리려고 팔꿈치로 옆 갈비께를 퍽 치는 것이다. 더럽다. 나도 종아리의 파리를 쫓

는 척하고 허리를 구부리며 어깨로 그 궁둥이를 꽉 떠밀었다. 장인님은 앞으로 우찔근하고 싸리문께로 쓰러질 듯하다 몸을 바로 고치더니 눈총을 몹시 쏘았다. 이런 쌍년의 자식, 하고 싶으나 남의 앞이라서 차마 못하고 섰는 그 꼴이 보기에 퍽 쟁그러웠다[25].

그러나 이 말에는 별반 신통한 귀정[26]을 얻지 못하고 도로 논으로 돌아와서 모를 부었다. 왜냐하면 장인님이 뭐라고 귓속말로 수군수군하고 간 뒤다. 구장님이 날 위해서 조용히 데리고 아래와 같이 일러 주었기 때문이다.(뭉태의 말은 구장님이 장인님에게 땅 두 마지기 얻어 부치니까 그래 꾀었다고 하지만 난 그렇게 생각 않는다.)

"자네 말두 하기야 옳지. 암, 나이 찼으니까 아들이 급하다는 게 잘못된 말은 아니야. 허지만 농사가 한창 바쁠 때 일을 안 한다든가 집으로 달아난다든가 하면 손해죄루 그것도 징역을 가거든!(여기에 그만 정신이 번쩍 났다.) 왜 요전에 삼포말서 산에 불 좀 놓았다구 징역 간 거 못 봤나. 제 산에 불을 놓아두 징역을 가는 이땐데 남의 농사를 버려 주니 죄가 얼마나 더 중한가. 그리고 자넨 정장[27]을(사경 받으러 정장 가겠다 했다.) 간대지만 그러면 괜스레 죄를 들쓰고 들어가는 걸세. 또 결혼두 그렇지. 법률에 성년이란 게 있는데 스물하나가 돼야지 비로소 결혼을 할 수가 있는 걸세, 자넨 물론 아들이 늦을 걸 염려하지만 점순이루 말하면 인제 겨우 열여섯이 아닌가. 그렇지만 아까 빙장님의 말씀이 올갈에는 열 일을 제치고라두 성례를 시켜 주겠다 하시니 좀 고마울 겐가. 빨리 가서 모 붓던 거나 마저 붓게. 군소리 말구 어서 가―"

그래서 오늘 아침까지 끽소리 없이 왔다.

장인님과 내가 싸운 것은 지금 생각하면 전혀 뜻밖의 일이라 안 할 수 없다. 장인님으로 말하면 요즘 막 작인들에게 행세를 좀 하고 싶다고 해서

"돈 있으면 양반이지 별게 있느냐!"

하고 일부러 아랫배를 툭 내밀고 걸음도 뒤틀리게 걷고 하는 이 판이다. 이까짓 나쯤 뚜들기다 남의 땅을 가지고 뭐처럼 닦아 놓았든 가문을 망친다든지 할 어른이 아니다. 또 나로 논하자면 아무쪼록 잘 봬서 점순이에게 얼른 장가를 들어야 하지 않느냐.

이렇게 말하자면 결국 어젯밤 뭉태네 집에 마실 간 것이 썩 나빴다. 낮에 구장님 앞에서 장인님과 내가 싸운 것을 어떻게 알았는지 대고 빈정거리는 것이 아닌가.

"그래 맞구두 그걸 가만둬?"

"그럼 어떡허니?"

"인마, 봉필일 모판에다 거꾸루 박아 놓지 뭘 어떡해?"

하고 괜히 나 대신 화를 내가지고 주먹질을 하다 등잔까지 첬다. 놈이 본시 괄괄은 하지만 그래 놓고 날더러 석유 값을 물라고 막 지다위[28]를 붓는다. 난 어안이 벙벙해서 잠자코 앉있

으니까 저만 연방 지껄이는 소리가—

"밤낮 일만 해 주구 있을 테냐?"

"영득이는 일 년을 살구두 장갈 들었는데 넌 사 년이나 살구두 더 살아야 해?"

"네가 세 번째 사원 줄이나 아니? 세 번째 사위."

"남의 일이라두 분하다 이 자식아, 우물에 가 빠져 죽어."

나중에는 손톱으로 목을 따라고까지 하고, 제 아들같이 함부로 혹닥였다[29]. 별의 별 소리를 다 해서 그대로 옮길 수는 없으나 그 줄거리는 이렇다.

우리 장인님이 딸이 셋이 있는데 맏딸은 재작년 가을에 시집을 갔다. 정말은 시집을 간 것이 아니라 그 딸도 데릴사위를 해 가지고 있다가 내보냈다. 그런데 딸이 열 살 때부터 열아홉 즉 십 년 동안에 데릴사위를 갈아들이기를, 동리에선 사위 부자라고 이름이 났지마는 열네 놈이란 참 너무 많다. 장인님이 아들은 없고 딸만 있는 고로 그담 딸을 데릴사위를 해 올 때까지는 부려 먹지 않으면 안 된다. 물론 머슴을 두면 좋지만 그건 돈이 드니까, 일 잘하는 놈을 고르느라고 연방 바꿔 들였다. 또 한편 놈들이 욕만 줄창 퍼붓고 심히도 부려 먹으니까 밸이 상해서 달아나기도 했겠지. 점순이는 둘째 딸인데 내가 이를테면 그 세 번째 데릴사위로 들어온 셈이다. 내 담으로 네 번째 놈이 들어올 것을 내가 일도 참 잘하고 그리고 사람이 좀 어수룩하니까 장인님이 잔뜩 붙들고 놓질 않는다. 셋째 딸이 인제 여섯 살, 적어도 열 살은 돼야 데릴사위를 할 테므로 그동안은 죽도록 부려 먹어야 된다. 그러니 인제는 속 좀 차리고 장가를 들여 달라고 떼를 쓰고 나자빠져라, 이것이다.

나는 건성으로 엉엉하며 귓등으로 들었다. 뭉태는 땅을 얻어 부치다가 떨어진 뒤로는 장인님만 보면 공연히 못 먹어서 으릉거린다. 그것도 장인님이 저 달라고 할 적에 제집에서 위한다는 그 감투(예전에 원님이 쓰든 것이라나 옆구리에 뽕뽕 좀먹은 걸레)를 선뜻 주었다면 그럴 리도 없었을걸—

그러나 나는 뭉태란 놈의 말을 전수히[30] 곧이듣지 않았다. 꼭 곧이들었다면 간밤에 와서 장인님과 싸웠지 무사히 있었을 리가 없지 않는가. 그러면 딸에게까지 인심을 잃은 장인님이 혼자 나빴다.

실토하면, 나는 점순이가 아침상을 가지고 나올 때까지는 오늘은 또 얼마나 밥을 담았나 하고 이것만 생각했다. 상에는 된장찌개하고 간장 한 종지, 조밥 한 그릇 그리고 밥보다 더 수부룩하게 담은 산나물이 한 대접, 이렇다. 나물은 점순이가 틈틈이 해 오니까 두 대접이고 네 대접이고 멋대로 먹어도 좋으나, 밥은 장인님이 한 사발 외엔 더 주지 말라고 해서 안 된다. 그런데 점순이가 그 상을 내 앞에 내려놓으며 제 말로 지껄이는 소리가

"구장님한테 갔다 그냥 온담 그래!"

하고 엊그제 산에서와 같이 되우[31] 종알거린다. 딴은 내가 더 단단히 덤비지 않고 만 것이 좀 어리석었다. 속으로 그랬다. 나도 저쪽 벽을 향하여 외면하면서 내 말로

"안 된다는 걸 그럼 어떡헌담!"

하니까

"수염을 잡아채지 그냥 둬, 이 바보야?"

하고 또 얼굴이 빨개지면서 성을 내며 안으로 샐쭉하니 뛰어들어가지 않느냐. 이때 아무도 본 사람이 없었게 망정이지, 보았다면 내 얼굴이 에미 잃은 황새 새끼처럼 가엾다 했을 것이다.

사실 이때만치 슬펐던 일이 또 있었는지 모른다. 다른 사람은 암만 못생겼다 해도 괜찮지만, 내 아내 될 점순이가 병신으로 본다면 참 신세는 따분하다. 밥을 먹은 뒤 지게를 지고 일터로 가려 하다 도로 벗어던지고 바깥마당 공석 위에 드러누워서 나는 차라리 죽느니만 못하다고 생각했다.

내가 일 안 하면 장인님 저는 나이가 먹어 못하고 결국 농사를 못 짓고 만다. 뒷짐으로 트림을 꿀꺽하고 대문 밖으로 나오다 날 보고서

"이 자식아! 너 왜 또 이러니?"

"관격[32]이 났어유, 아이구, 배야!"

"기껏 밥 처먹구 나서 무슨 관격이야, 남의 농사 버려 주면 이 자식아, 징역 간다 봐라!"

"가두 좋아유. 아이구, 배야!"

참말 난 일 안 해서 징역 가도 좋다 생각했다. 일후 아들을 낳아도 그 앞에서 바보, 바보, 이렇게 별명을 들을 테니까 오늘은 열 쪽에 난 대도 결정을 내고 싶었다.

장인님이 일어나라고 해도 내가 안 일어나니까 눈에 독이 올라서 저편으로 휭하케[33] 가더니 지게막대기를 들고 왔다. 그리고 그걸로 내 허리를 마치 돌 떠넘기듯이 쿡 찍어서 넘기고 넘기고 했다. 밥을 잔뜩 먹고 딱딱한 배가 그럴 적마다 통겨지면서 밸창이 꼿꼿한 것이 여간 켕기지 않았다. 그래도 안 일어나니까 이번에는 지게막대기로 배를 위에서 쿡쿡 찌르고 발길로 옆구리를 차고 했다. 장인님은 원체 심술이 궂어서 그러지만 나도 저만 못하지 않게 배를 차였다. 아픈 것을 눈을 꽉 감고 넌 해라 난 재미난 듯이 있었으나 볼기짝을 후려갈길 적에는 나도 모르는 결에 벌떡 일어나서 그 수염을 잡아챘다마는 내 골이 난 것이 아니라 정말은 아까부터 부엌 뒤 울타리 구멍으로 점순이가 우리들의 꼴을 몰래 엿보고 있었기 때문이다. 가뜩이나 말 한마디 톡톡히 못한다고 바보라는데, 매까지 잠자코 맞는 걸 보면 짜장 바보로 알 게 아닌가. 또 점순이도 미워하는 이까짓 놈의 장인님, 나하곤 아무것도 안 되니까 막 때려도 좋지만 사정 보아서 수염만 채고(제 원대로 했으니까 이때 점순이는 퍽 기뻤겠지.) 저기까지 잘 들리도록

"이걸 까썰라[34] 보다!"

하고 소리를 쳤다.

장인님은 더 약이 바짝 올라서 잡은참 지게막대기로 내 어깨를 그냥 내려 갈겼다. 정신이 다 아찔했다. 다시 고개를 들었을 때, 그때는 나도 온몸에 약이 올랐다. 이 녀석의 장인님을, 하고 눈에서 불이 퍽 나서 그 아래 밭 있는 낭 아래로 그대로 떼밀어 굴려 버렸다. 조금 있다가 장인님이 씩씩하고 한 번 해 보려고 기어오르는 걸 얼른 또 떼밀어 굴려 버렸다.

 기어오르면 굴리고 굴리면 기어오르고 이러길 한 너덧 번을 하며 그럴 적마다

 "부려만 먹구 왜 성례 안 하지유!"

 나는 이렇게 호령했다. 하지만 장인님이 선뜻 오냐 낼이라두 성례 시켜 주마 했으면 나도 성가신 걸 그만두었을지 모른다. 나야 이러면 때린 건 아니니까 나중에 장인 쳤다는 누명도 안 들을 터이고 얼마든지 해도 좋다.

 한번은 장인님이 헐떡헐떡 기어서 올라오더니 내 바짓가랑이를 요렇게 노리고서 단박 움켜잡고 매달렸다. 악 소리를 치르고 나는 그만 세상이 다 팽그르르 도는 것이

 "빙장님! 빙장님! 빙장님!"

 "이 자식! 잡어먹어라, 잡어먹어!"

 "아! 아! 할아버지! 살려 줍쇼, 할아버지!"

하고 두 팔을 허둥지둥 내저을 적에는 이마에 진땀이 쭉 내솟고 이제는 참으로 죽나 보다 했다. 그래도 장인님은 놓질 않더니, 내가 기어이 땅바닥에 쓰러져서 거진 까무러치게 되니

까 놓는다. 더럽다, 더럽다. 이게 장인님인가. 나는 한참을 못 일어나고 쩔쩔맸다. 그러다 얼굴을 드니(눈에 참 아무것도 보이지 않았다.) 사지가 부르르 떨리면서 나도 엉금엉금 기어가 장인님의 바짓가랑이를 꽉 움키고 잡아낚았다.

내가 머리가 터지도록 매를 얻어맞은 것이 이 때문이다. 그러나 여기가 또한 우리 장인님이 유달리 착한 곳이다. 여느 사람이면 사경을 주어서라도 당장 내쫓았지 터진 머리를 불솜으로 손수 지져 주고, 호주머니에 희연[35] 한 봉을 넣어 주고 그리고

"올갈엔 꼭 성례를 시켜 주마. 암말 말구 가서 뒷골의 콩밭이나 얼른 갈아라."

하고 등을 뚜덕여 줄 사람이 누구냐.

나는 장인님이 너무나 고마워서 어느덧 눈물까지 났다. 점순이를 남기고 인젠 내쫓기려니, 하다 뜻밖의 말을 듣고

"빙장님! 인제 다시는 안 그러겠어유—"

이렇게 맹서를 하며 부랴사랴 지게를 지고 일터로 갔다.

그러나 이때는 그걸 모르고 장인님을 원수로만 여겨서 잔뜩 잡아당겼다.

"아! 아! 이놈아! 놔라, 놔, 놔—"

장인님은 헛손질을 하며 솔개미에 낚인 닭의 소리를 연해 질렀다. 놓긴 왜, 이왕이면 호되게 혼을 내 주리라 생각하고 짖궂이 더 당겼다마는 장인님이 땅에 쓰러져서 눈에 눈물이

피잉 도는 것을 알고 좀 겁도 났다.

"할아버지! 놔라, 놔, 놔, 놔놔."

그래도 안 되니까

"얘, 점순아! 점순아!"

이 악장[36]에 안에 있었던 장모님과 점순이가 헐레벌떡하고 단숨에 뛰어나왔다.

내 생각에 장모님은 제 남편이니까 역성을 할는지도 모른다. 그러나 점순이는 내 편을 들어서 속으로 고소해하겠지― 대체 이게 웬 속인지(지금까지도 난 영문을 모른다.) 아버질 혼내주기는 제가 내래놓고 이제 와서는 달겨들며

"에구머니! 이 망할 게 아버지 죽이네!"

하고 내 귀를 뒤로 잡아당기며 마냥 우는 것이 아니냐. 그만 여기에 기운이 탁 꺾이어 나는 얼빠진 등신이 되고 말았다. 장모님도 덤벼들어 한쪽 귀마저 뒤로 잡아채면서 또 우는 것이다.

이렇게 꼼짝 못하게 해 놓고 장인님은 지게막대기를 들어서 사뭇 내려조겼다[37]. 그러나 나는 구태여 피하려 하지도 않고 암만해도 그 속 알 수 없는 점순이의 얼굴만 멀거니 들여다보았다.

"이 자식! 장인 입에서 할아버지 소리가 나오도록 해?"

동백꽃

 오늘도 또 우리 수탉이 막 쪼이었다. 내가 점심을 먹고 나무를 하러 갈 양으로 나올 때였다. 산으로 올라서려니까 등 뒤에서 푸드덕푸드덕하고 닭의 횃소리[1]가 야단이다. 깜짝 놀라며 고개를 돌려 보니 아니나 다르랴, 두 놈이 또 얼리었다.
 점순네 수탉(은 대강이[2]가 크고 똑 오소리같이 실팍하게[3] 생긴 놈)이 덩저리[4] 작은 우리 수탉을 함부로 해내는[5] 것이다. 그것도 그냥 해내는 것이 아니라 푸드덕하고 면두[6]를 쪼고 물러섰다가 좀 사이를 두고 또 푸드덕하고 모가지를 쪼았다. 이렇게 멋을 부려 가며 여지없이 닦아 놓는다. 그러면 이 못생긴 것은 쪼일 적마다 주둥이로 땅을 받으며 그 비명이 킥킥할 뿐이다. 물론 미처 아물지도 않은 면두를 또 쪼이어 붉은 선혈은 뚝뚝 떨어진다.

이걸 가만히 내려다보자니 내 대강이가 터져서 피가 흐르는 것같이 두 눈에서 불이 번쩍 난다. 대뜸 지게막대기를 메고 달려들어 점순네 닭을 후려칠까 하다가 생각을 고쳐먹고 헛매질로 떼어만 놓았다.

이번에도 점순이가 쌈을 붙여 났을 것이다. 바짝바짝 내기를 올리느라고 그랬음에 틀림없을 것이다. 고놈의 계집애가 요새로 들어서서 왜 나를 못 먹겠다고 고렇게 아르렁거리는지 모른다.

나흘 전 감자 쪼간[7]만 하더라도 나는 저에게 조금도 잘못한 것은 없다.

계집애가 나물을 캐러 가면 갔지, 남 울타리 엮는데 쌩이질[8]을 하는 것은 다 뭐냐. 그것도 발소리를 죽여 가지고 등 뒤로 살며시 와서

"얘! 너 혼자만 일하니?"

하고 긴치 않은 수작을 하는 것이다.

어제까지도 저와 나는 이야기도 잘 않고 서로 만나도 본척만척하고 이렇게 점잖게 지내던 터이련만 오늘도 갑작스레 대견해졌음은 웬일인가. 항차[9] 망아지만 한 계집애가 남 일하는 놈 보구—

"그럼 혼자 하지 떼루 하니?"

내가 이렇게 내뱉는 소리를 하니까

"너 일하기 좋니?"

또는

"한여름이나 되거든 하지 벌써 울타리를 하니?"

 잔소리를 두루 늘어놓다가 남이 들을까 봐 손으로 입을 틀어막고는 그 속에서 깔깔댄다. 별로 우스울 것도 없는데, 날씨가 풀리더니 이놈의 계집애가 미쳤나 하고 의심하였다. 게다가 조금 뒤에는 제 집께를 할금할금 돌아다보더니 행주치마의 속으로 꼈던 오른손을 뽑아서 나의 턱밑으로 불쑥 내미는 것이다. 언제 구웠는지 아직도 더운 김이 확 끼치는 감자 세 개가 손에 뿌듯이 쥐였다.

"느 집엔 이거 없지?"

하고, 생색 있는 큰소리를 하고는 제가 준 것을 남이 알면 큰일 날 테니 여기서 얼른 먹어 버리란다. 그리고 또 하는 소리가

"너, 봄 감자가 맛있단다."

"난 감자 안 먹는다, 니나 먹어라."

 나는 고개도 돌리지 않고 일하던 손으로 그 감자를 도로 어깨 너머로 쑥 밀어 버렸다.

 그랬더니 그래도 가는 기색이 없고, 뿐만 아니라 쌔근쌔근하고 심상치 않게 숨소리가 점점 거칠어진다. 이건 또 뭐야, 싶어서 그제야 비로소 돌아다보니 나는 참으로 놀랐다. 우리가 이 동리에 들어온 것은 근 삼 년째 되어 오지만 여태껏 가무잡잡한 점순이의 얼굴이 이렇게까지 홍당무처럼 새빨개진

법이 없었다. 게다 눈에 독을 올리고 한참 나를 요렇게 쏘아 보더니 나중에는 눈물까지 어리는 것이 아니냐. 그리고 바구니를 다시 집어 들더니 이를 꼭 악물고는 엎어질 듯 자빠질 듯 논둑으로 휑허케 달아나는 것이다.

어쩌다 동리 어른이

"너 얼른 시집을 가야지?"

하고 웃으면

"염려 마셔유. 갈 때 되면 어련히 갈라구—"

이렇게 천연덕스레 받는 점순이였다. 본시 부끄럼을 타는 계집애도 아니거니와 또한 분하다고 눈에 눈물을 보일 얼뜨기도 아니다. 분하면 차라리 나의 등어리를 바구니로 한 번 모지게 후려 때리고 달아날지언정.

그런데 고약한 그 꼴을 하고 가더니 그 뒤로는 나를 보면 잡아먹을려고 기를 복복 쓰는 것이다.

설혹 주는 감자를 안 받아 먹은 것이 실례라 하면, 주면 그냥 주었지 '느 집엔 이거 없지?'는 다 뭐냐. 그러잖아도 저희는 마름이고 우리는 그 손에서 배재[10]를 얻어 땅을 부치므로 일상 굽신거린다. 우리가 이 마을에 처음 들어와 집이 없어서 곤란으로 지날 제, 집터를 빌리고 그 위에 집을 또 짓도록 마련해 준 것도 점순네의 호의였다. 그리고 우리 어머니 아버지도 농사 때 양식이 달리면[11] 점순네한테 가서 부지런히 꿔다 먹으면서 인품 그런 집은 다시 없으리라고 침이 마르도록 칭

찬하는 것이다. 그러면서도 열일곱씩이나 된 것들이 수군수 군하고 붙어 다니면 동리의 소문이 사납다고 주의를 시켜 준 것도 또 어머니였다. 왜냐하면 내가 점순이하고 일을 저질렀다면 점순네가 노할 것이고, 그러면 우리는 땅도 떨어지고 집도 내쫓기고 하지 않으면 안 되는 까닭이었다.

그런데 이놈의 계집애가 까닭 없이 기를 복복 쓰며 나를 말려 죽이려고 드는 것이다.

눈물을 흘리고 간 그담 날 저녁 나절이었다. 나무를 한 짐 잔뜩 지고 산을 내려오려니까, 어디서 닭이 죽는 소리를 친다. 이거 뉘 집에서 닭을 잡나, 하고 점순네 울타리 뒤로 돌아오다가 나는 그만 두 눈이 뚱그레졌다. 점순이가 자기 집 봉당에 홀로 걸터앉았는데 아, 이게 치마 앞에다 우리 씨암탉을 꼭 붙들어 놓고는

"이놈의 닭! 죽어라, 죽어라."

요렇게 암팡스레 패 주는 것이 아닌가. 그것도 대가리나 치면 모른다마는 아주 알도 못 낳으라고 그 볼기짝께를 주먹으로 콕콕 쥐어박는 것이다.

나는 눈에 쌍심지가 오르고 사지가 부르르 떨렸으나 사방을 한번 휘돌아보고야 점순이 집에 아무도 없음을 알았다. 잡은참 지게막대기를 들어 울타리의 중턱을 후려치며

"이놈의 계집애! 남의 닭 알 못 낳으라고 그러니?"

하고 소리를 빽 질렀다.

그러나 점순이는 조금도 놀라는 기색이 없고 그대로 의젓이 앉아서 제 닭 가지고 하듯이 또 죽어라, 죽어라, 하고 패는 것이다. 이걸 보면 내가 산에서 내려올 때를 겨냥해 가지고 미리부터 닭을 잡아 가지고 있다가 보란 듯이 내 앞에 쥐지르고[12] 있음이 확실하다.

그러나 나는 그렇다고 남의 집에 뛰어들어가 계집애하고 싸울 수도 없는 노릇이고 형편이 썩 불리함을 알았다. 그래 닭이 맞을 적마다 지게막대기로 울타리나 후려칠 수밖에 별 도리가 없다. 왜냐하면 울타리를 치면 칠수록 울섶이 물러 앉으며 뼈대만 남기 때문이다. 하나 아무리 생각하여도 나만 밑지는 노릇이다.

"아, 이년아! 남의 닭 아주 죽일 터이냐?"

내가 도끼눈을 뜨고 다시 꽥 호령을 하니까, 그제야 울타리께로 쪼르르 오더니 울타리 밖에 섰는 나의 머리를 겨누고 닭을 내팽개친다.

"에이, 더럽다! 더럽다!"

"더러운 걸 널더러 입때 끼고 있으랬니? 망할 계집애년 같으니."

하고 나도 더럽단 듯이 울타리께를 횡허케 돌아내리며 약이 오를 대로 다 올랐다, 라고 하는 것은 암탉이 풍기는 서슬에 나의 이마빼기에다 물찌똥을 찍 깔겼는데 그걸 본다면 알집만 터졌을 뿐 아니라 골병은 단단이 든 듯싶다.

동백꽃

그리고 나의 등 뒤를 향하여 나에게만 들릴 듯 말 듯한 음성으로

"이 바보 녀석아!"

"얘! 너 배냇병신[13]이지?"

그만도 좋으련만

"얘! 너, 느 아버지가 고자라지?"

"뭐? 울 아버지가 그래 고자야?"

할 양으로 열벙거지[14]가 나서 고개를 홱 돌려 바라봤더니 그때까지 울타리 위로 나와 있어야 할 점순이의 대가리가 어디 갔는지 보이지를 않는다. 그러다 돌아서서 오자면 아까 한 욕을 울타리 밖으로 또 퍼붓는 것이다. 욕을 이토록 먹어가면서도 대거리[15] 한마디 못하는 걸 생각하니 돌부리에 차여 발톱 밑이 터지는 것도 모를 만치 분하고, 급기야는 두 눈에 눈물까지 불끈 내솟는다.

그러나 점순이의 침해는 이것뿐이 아니다.

사람들이 없으면 틈틈이 집 수탉을 몰고 와서 우리 수탉과 쌈을 붙여 놓는다. 집 수탉은 썩 험상궂게 생기고 쌈이라면 홰를 치는 고로 으레 이길 것을 알기 때문이다. 그래서 툭하면 우리 수탉이 면두며 눈깔이 피로 흐드르하게 되도록 해 놓는다. 어떤 때에는 우리 수탉이 나오지를 않으니까 요놈의 계집애가 모이를 쥐고 와서 꾀어내다가 쌈을 붙인다.

이렇게 되면 나도 다른 배차를 차리지 않을 수 없다. 하루

는 우리 수탉을 붙들어 가지고 넌지시 장독께로 갔다. 쌈닭에게 고추장을 먹이면 병든 황소가 살모사를 먹고 용을 쓰는 것처럼 기운이 뻗친다 한다. 장독에서 고추장 한 접시를 떠서 닭 주둥아리께로 들이밀고 먹여 보았다. 닭도 고추장에 맛을 들였는지 거스르지 않고 거의 반 접시 턱[16]이나 곧잘 먹는다.

먹고 금세는 용을 못 쓸 터이므로 얼마쯤 기운이 돌도록 홰 속에다 가두어 두었다.

밭에 두엄을 두어 짐 져 내고 나서 쉴 참에 그 닭을 안고 밖으로 나왔다. 마침 밖에는 아무도 없고 점순이만 저의 울타리 안에서 헌 옷을 뜯는지 혹은 솜을 터는지 옹크리고 앉아서 일을 할 뿐이다.

나는 점순네 수탉이 노는 밭으로 가서 닭을 내려놓고 가만히 맥을 보았다. 두 닭은 여전히 얼려 쌈을 하는데 처음에는 아무 보람이 없었다. 멋지게 쪼는 바람에 우리 닭은 또 피를 흘리고 그러면서도 날갯죽지만 푸드덕푸드덕하고 올라 뛰고 뛰고 할 뿐으로 제법 한번 쪼아 보지도 못한다.

그러나 한번엔 어쩐 일인지 용을 쓰고 펄쩍 뛰더니 발톱으로 눈을 하비고[17] 내려오며 면두를 쪼았다. 큰 닭도 여기에는 놀랐는지 뒤로 멈씰하며 물러난다. 이 기회를 타서 작은 우리 수탉이 또 날쌔게 덤벼들어 다시 면두를 쪼니 그제서는 감때사나운[18] 그 대강이에서도 피가 흐르지 않을 수 없었다.

옳다 알았다 고추장만 먹이면은 되는구나 하고 나는 속으로 아주 쟁그러워[19] 죽겠다. 그때에는 뜻밖에 내가 닭싸움을 붙여 놓는 데 놀라서 울타리 밖으로 내다보고 섰던 점순이도 입맛이 쓴지 살을 찌푸렸다.

나는 두 손으로 볼기짝을 두드리며 연방

"잘한다! 잘한다!"

하고 신이 머리끝까지 뻗쳤다.

그러나 얼마 되지 않아서 나는 넋이 풀려 기둥같이 묵묵히 서 있게 되었다. 왜냐하면 큰 닭이 한 번 쪼인 앙갚음으로 호들갑스레 연거푸 쪼는 서슬에 우리 수탉은 찔끔 못하고 막 곯는다. 이걸 보고서 이번에는 점순이가 깔깔거리고 되도록 이쪽에서 많이 들으라고 웃는 것이다.

나는 보다 못해 덤벼들어서 우리 수탉을 붙들어 가지고 도로 집으로 들어왔다. 고추장을 좀 더 먹였더라면 좋았을걸, 너무 급하게 쌈을 붙인 것이 퍽 후회가 난다. 장독께로 돌아와서 다시 턱 밑에 고추장을 들이댔다. 흥분으로 말미암아 그런지 당최 먹질 않는다.

나는 하릴없이 닭을 반듯이 눕히고 그 입에다 궐련 물부리를 물렸다. 그리고 고추장 물을 타서 그 구멍으로 조금씩 들이부었다. 닭은 좀 괴로운지 킥킥하고 재채기를 하는 모양이나 그러나 당장의 괴로움은 매일같이 피를 흘리는 데 댈 게 아니라 생각하였다.

그러나 한 두어 종지가량 고추장 물을 먹이고 나서는 나는 고만 풀이 죽었다. 싱싱하던 닭이 왜 그런지 고개를 살며시 뒤틀고는 손아귀에서 빼드러지는[20] 것이 아닌가. 아버지가 볼까 봐서 얼른 홰에다 감추어 두었더니, 오늘 아침에야 겨우 정신이 든 모양 같다.

그랬던 걸 이렇게 오다 보니까 또 쌈을 붙여 놨으니, 이 망할 계집애가 필연 우리 집에 아무도 없는 틈을 타서 제가 들어와 홰에서 꺼내 가지고 나간 것이 분명하다.

나는 다시 닭을 잡아다 가두고 염려는 스러우나 그렇다고 산으로 나무를 하러 가지 않을 수도 없는 형편이었다.

소나무 삭정이를 따며 가만히 생각해 보니 암만해도 고년의 목쟁이를 돌려놓고 싶다. 이번에 내려가면 망할 년 등줄기를 한 번 되게 후려치겠다, 하고 싱둥겅둥[21] 나무를 지고는 부리나케 내려왔다.

거지반 집께 다 내려와서 나는 호들기[22]소리를 듣고 발이 딱 멈추었다. 산기슭에 널려 있는 굵은 바윗돌 틈에 노란 동백꽃이 소보록하니 깔렸다. 그 틈에 끼여 앉아서 점순이가 청승맞게스리 호들기를 불고 있는 것이다. 그보다 더 놀란 것은 그 앞에서 또 푸드덕푸드덕하고 들리는 닭의 횃소리다. 필연코 요년이 나의 약을 올리느라고 또 닭을 집어 내다가 내가 내려올 길목에다 쌈을 시켜 놓고 저는 그 앞에 앉아서 천연스레 호들기를 불고 있음에 틀림없으리라.

나는 약이 오를 대로 다 올라서 두 눈에서 불과 함께 눈물이 퍽 쏟아졌다. 나무 지게도 벗어 놓을 새 없이 그대로 내동 댕이치고는 지게막대기를 뻗치고 허둥지둥 달려들었다.

 가까이 와 보니 과연 나의 짐작대로 우리 수탉이 피를 흘리고 거의 빈사지경에 이르렀다. 닭도 닭이려니와 그러함에도 불구하고 눈 하나 깜짝 없이 그대로 앉아서 호들기만 부는 그 꼴에 더욱 치가 떨린다. 동리에서도 소문이 났거니와 나도 한때는 걱실걱실히[23] 일 잘하고 얼굴 예쁜 계집애인 줄 알았더니, 시방 보니까 그 눈깔이 꼭 여우 새끼 같다.

 나는 대뜸 달려들어서 나도 모르는 사이에 큰 수탉을 단매로 때려 엎었다. 닭은 푹 엎어진 채 다리 하나 꼼짝 못하고 그대로 죽어 버렸다. 그리고 나는 멍하니 섰다가 점순이가 매섭게 눈을 홉뜨고 닥치는 바람에 뒤로 벌렁 나자빠졌다.

 "이놈아! 너 왜 남의 닭을 때려 죽이니?"
 "그럼 어때?"
하고 일어나다가
 "뭐 이 자식아! 누 집 닭인데?"
하고 복장을 떼미는 바람에 다시 벌렁 자빠졌다. 그리고 나서 가만히 생각을 하니 분하기도 하고 무안도 스럽고 또 한편 일을 저질렀으니 인젠 땅이 떨어지고 집도 내쫓기고 해야 되는지 모른다.

 나는 비슬비슬 일어나며 소맷자락으로 눈을 가리고는 얼김에 엉 하고 울음을 놓았다. 그러다 점순이가 앞으로 다가와서

"그럼 너 이담부턴 안 그럴 테냐?"

하고 물을 때에야 비로소 살길을 찾은 듯싶었다. 나는 눈물을 우선 씻고 뭘 안 그러는지 명색도 모르건만

"그래!"

하고 무턱대고 대답하였다.

"요다음부터 또 그래 봐라, 내 자꾸 못살게 굴 테니!"

"그래그래, 인젠 안 그럴 테야!"

"닭 죽은 건 염려 마라. 내 안 이를 테니."

그리고 뭣에 떠다밀렸는지 나의 어깨를 짚은 채 그대로 픽 쓰러진다. 그 바람에 나의 몸둥이도 겹쳐서 쓰러지며 한창 피어 퍼드러진 노란 동백꽃 속으로 폭 파묻혀 버렸다.

알싸한 그리고 향긋한 그 냄새에 나는 땅이 꺼지는 듯이 온 정신이 그만 아찔하였다.

"너 말 마라."

"그래!"

조금 있더니 요 아래서

"점순아! 점순아! 이년이 바느질을 하다 말구 어딜 갔어!"

하고 어딜 갔다 온 듯싶은 그 어머니가 역정이 대단히 났다.

점순이가 겁을 잔뜩 집어 먹고 꽃 밑을 살금살금 기어서 산 아래로 내려간 다음 나는 바위를 끼고 엉금엉금 기어서 산 위로 치뺄지 않을 수 없었다.

이런 음악회

 내가 저녁을 먹고서 종로 거리로 나온 것은 그럭저럭 여섯 점 반이 넘었다. 너펄대는 우와기[1] 주머니에 두 손을 꽉 찌르고 그리고 휘파람을 불며 올라오자니까
 "얘!"
하고 팔을 뒤로 잡아채며
 "너 어디 가니?"
 이렇게 황급히 묻는 것이다.
 나는 삐끗하는 몸을 고르잡고 돌려 보니 교모를 푹 눌러쓴 황철이다. 본디 성미가 겁겁한[2] 놈인 줄은 아나 그래도 이토록 씨근거리고 긴히 달려듦에는 하고
 "왜 그러니?"
 "너 오늘 콩쿨 음악 대횐 거 아니?"

"콩쿨 음악 대회?"

하고 나는 좀 떠름하다가³ 그제서야 그 속이 뭣인 줄을 알았다.

  이 황철이는 참으로 우리 학교의 큰 공로자이다. 왜냐하면 학교에서 무슨 운동 시합을 하게 되면 늘 맡아 놓고 황철이가 응원 대장으로 나선다. 뿐만 아니라 제 돈을 들여 가면서 선수들을(학교에서 먹여야 본디 옳을 건데) 제가 꾸미꾸미 끌고 다니며 먹이고 놀리고 이런다. 그리고 시합 그 이튿날에는 목에 붕대를 칭칭하게 감고 와서 똑 벙어리 소리로

  "어떠냐? 내 어제 응원을 잘해서 이기지 않았니?"

하고 잔뜩 뽐을 내고는

  "그저 시합엔 응원을 잘해야 해!"

  그러니까 이런 사람은 영영 남 응원하기에 목이 잠기고 돈을 쓰고 이래야 되는, 말하자면 팔자가 응원 대장일지도 모른다. 이번에도 콩쿨 음악 대회에 우리 반 동무가 나갔고 또 요행히 예선에까지 붙기도 해서, 놈이 어제부터 응원대 모으기에 바빴다. 그러나 나에게는 아무 말도 없더니 왜 붙잡나 싶어서

  "그럼 얼른 가 보지, 왜 이러구 있니?"

  "다시 생각해 보니까, 암만 해도 사람이 부족하겠어."

하고 너도 같이 가자고 팔을 막 잡아끄는 것이다.

  "너나 가거라, 난 음악회 싫다."

나는 이렇게 그 손을 털고 옆으로 떨어지다가

"쟤! 쟤! 내 이따 나오다가 돼지고기 만두 사 주마."

함에는 어쩔 수 없이 고개를 모로 돌리어

"대관절 몇 시간이나 하냐?"

하고 묻지 않을 수 없다. 그러나 그 대답이 끽 두 시간이면 끝나리라 하므로 나는 안심하고 따라 섰다.

둘이 음악회장 입구에 헐레벌떡하고 다다랐을 때에는 우리 반 동무 열세 명은 벌써 와서들 기다리고 섰다. 저희끼리 낄낄거리고 수군거리고 하는 것이 아마 한창들 흉계가 벌어진 모양이다.

황철이는 우선 입장권을 사 가지고 와, 우리에게 한 장씩 나누어 주며 명령을 하는 것이다. 즉 우리들이 네 무더기로 나뉘어서, 회장의 전후좌우로 한 구석에 한 무더기씩 앉고 시치미를 딱 떼고 있다가 우리 악사만 나오거든 덮어놓고 손바닥을 치며 재청이라고 악을 쓰라는 것이다. 그러면 암만 심사위원이라도 청중을 무시하는 법은 없으니까 일등은 반드시 우리의 손에 있다고 하나, 다른 악사가 나올 적에는 손바닥거녕 아예 끽 소리노 말라 하고 하나씩 붙들고는 그 위에다

"알았지, 응?"

그리고 또

"알았지, 재청?"

하고 꼭꼭 다진다.

"그래그래, 알았어!"

나도 쾌히 깨닫고 황철이의 뒤를 따라서 회장으로 올라갔다.

새로 건축한 넓은 대강당에는 벌써 사람들 머리로 까맣게 깔리었다. 시간을 기다리기 지루했는지 고개들을 길게 뽑고 수선스레 들어가는 우리를 둘러본다.

우리는 황철이의 명령대로 덩어리 덩어리지어 사방으로 헤어졌다. 나는 황철이와 또 다른 동무 하나와 셋이서 왼쪽으로 뒤 한구석에 자리를 잡았다.

일곱 점 정각이 되자 벅적거리던 장내가 갑자기 조용해진다. 모두들 몸을 단정히 하고, 긴장된 시선을 모았다.

제일 처음이 순서대로 여자의 성악이었다. 작달막한 젊은 여자가 나와 가냘픈 음성으로 노래를 부르는데 너무도 귀가 간지럽다. 하기는 노래보다도 조그만 두 손을 가슴께 꼬부려 붙이고, 고개를 갸웃이 앵앵거리는 그 태도가 나는 가엾다 생각하고 하품을 길게 뽑았다. 나는 성악은 원래 좋아도 안 하려니와 일반 음악에도 씩씩한 놈이 아니면 귀가 가려워 못 듣는다.

그다음에도 역시 여자의 성악, 그리고 피아노 독주, 다시 여자의 성악. 그러니까 내가 앞의 사람 의자 뒤에 고개를 틀어박고 코를 곤 것도 그리 무리는 아닐 듯싶다.

얼마쯤이나 잤는지는 모르나 옆의 황철이가 흔들어 깨우므로 고개를 들어 보고, 비로소 우리 악사가 등장한 걸 알았다.

이런 음악회

중학생 교복으로 점잖이 바이올린을 켜고 서 있는 양이 귀엽고도 한편 앙증해 보인다. 나도 졸음을 참지 못하여 눈을 감은 채 손바닥을 서너 번 때렸으나, 그러나 잘 생각하니까 다른 동무들은 다 가만히 있는데 나만 치는 것이 아닌가. 게다가 황철이가 옆을 콱 치면서

"이따 끝나거던—"

하고 주의를 시켜 주므로 나도 정신이 좀 들었다.

나는 그 바이올린보다도 응원에 흥미를 갖고 얼른 끝나기만 기다렸다.

연주가 끝나기가 무섭게 우리들은 목이 마른 듯이 손바닥을 치기 시작하였다. 이렇게 치고도 손바닥이 안 헤지나 생각도 하였지만 이쪽에서

"재청이요!"

하고 악을 쓰면 저쪽에서

"재청! 재청!"

하고 고함을 냅다 지른다.

나도 두 귀를 막고

"재청!"

을 연발했더니, 내 앞에 앉은 여학생 계집애가 고개를 뒤로 돌리며 딱한 표정을 하는 것이 아닌가.

이렇게 우리들은 기가 올라서 응원을 하련만, 황철이는 시무룩하니 좋지 않은 기색이다. 그 까닭은 우리 십여 명이 암

만 악장을 쳐도 쾡 하게 넓은 그 장내, 그 청중으로 보면 어디서, 떠드는지 알 수 없을 만치 우리들의 존재가 너무 희미하였다. 그뿐 아니라 재청을 요구함에도 불구하고 이번에는 말쑥이 차린 신사 한 분이 바이올린을 옆에 끼고 나오는 것이다.

  신사는 예를 멋지게 하고 또 역시 멋지게 바이올린을 턱에 갖다 대더니, 그 무슨 곡조인지 아주 장쾌한 음악이다. 그러자 어느 틈에 그는 제멋에 질리어 팔뿐 아니라 고개며 어깨까지 바이올린 채를 따라다니며 꺼떡꺼떡하는[4] 모양이

'얘, 이건 참 진짜로구나!'

하고 감탄 안 할 수 없다. 더구나 압도적 인기로 청중을 매혹케 한 그것을 보더라도 우리 악사보다 몇 배 뛰어남을 알 것이다.

  그러나 내가 더 놀란 것은 넓은 강당을 뒤엎는 듯한 그 환영이다. 일반 군중의 시끄러운 박수는 말고, 위층에서(한 삼사십 명 되리라) 떼를 지어 악을 쓰는 것이 아닌가. 재청 소리에 귀청이 터지지 않은 것도 다행은 하나, 손뼉이 모자랄까 봐 발까지 굴러 가며 거기에 장단을 맞추어 부르는 재청은 참으로 썩 신이 난다. 음악도 이만하면 나는 얼마든지 들을 수 있다, 생각하였다. 그리고 저도 모르게 어깨가 실룩실룩하다가 급기야엔 나도 따라 발을 구르며 재청을 청구하였다. 실상 바이올린도 잘했거니와, 그러나 나도 바이올린보다 씩씩한 그 응원을 재청한 것이다.

그랬더니 황철이가 불끈 일어서며 내 어깨를 잡고

"이리 좀 나오너라."

이렇게 급히 잡아끈다. 그리고 아무도 없는 변소로 끌고 와 세워 놓더니

"너 누굴 응원하러 왔니?"

하고 해쓱한 낯으로 입술을 바르르 떤다. 이놈은 성이 나면 늘 이 꼴이 되는 것을 잘 알므로

"너 왜 그렇게 성을 내니?"

"아니, 너 뭐 하러 예 왔냐 말이야?"

"응원하러 왔지!"

하니까 놈이 대뜸 주먹으로 내 복장⁵을 꽉 지르며

"예이, 이 자식! 우리 건 고만 납작했는데, 남을 응원해 줘?"

그리고 또 주먹을 내대려 하니, 암만 생각해도 아니꼽다. 하여간 잠깐 가만히 있으라고 손으로 주먹을 막고는

"너 왜 주먹을 내대니, 말루 못 해?"

하다가

"이놈아! 우리 얼굴에 똥칠한 것 생각 못 하니?"

하고 또 주먹으로, 대들려는 데는 더 참을 수 없다.

"돼지고기 만두 안 먹으면 그만이다!"

이렇게 한 마디 내뱉고는 나는 약이 올라서 부리나케 층계로 내려왔다.

두포전

1. 난데없는 업둥이

 옛날 저 강원도에 있었던 일입니다.
 강원도라 하면 산 많고 물이 깨끗한 산골입니다. 말하자면 험하고 끔찍끔찍한 산들이 줄레줄레 어깨를 맞대고, 그 사이로 맑은 샘은 곳곳이 흘러 있어 매우 아름다운 경치를 가진 산골입니다.
 장수꼴이라는 조그마한 동리에 늙은 두 양주[1]가 살고 있었습니다.
 그들은 마음이 정직하여 남의 물건을 탐내는 법이 없었습니다. 그리고 개 새끼 한번 때려 보지 않았으리만치 그렇게 마음이 착하였습니다.

그러나 웬일인지 늘 가난합니다. 그건 그렇다 하고 그들 사이에 자식이라도 하나 있었으면 오죽이나 좋겠습니까. 참말이지 그들에게는 가난한 것보다도 자식을 못 가진 것이 하나의 큰 슬픔이었습니다.

그러자 하루는 마나님이 신기한 꿈을 꾸었습니다. 자기가 누워 있는 그 옆자리에서 곧 커다란 청룡 한 마리가 온몸에 용을 쓰며 올라가는 꿈이었습니다. 눈을 무섭게 부라리고는 천정을 뚫고 올라가는 그 모양이 참으로 징글징글하여 보입니다. 거진거진 다 빠져나가다 때마침 고 밑에 놓였던 벌겋게 핀 화롯불로 말미암아 애를 씁니다. 인젠 꽁지만 빠져나가면 그만일 텐데 불이 뜨거워 그걸 못합니다. 나중에는 이응 하고 야릇한 소리를 내지르며 다시 한 번 꼬리에 모질음[2]을 쓸 때 정신이 그만 아찔하여 그대로 깼습니다.

별 꿈도 다 많습니다. 청룡은 무엇이며 또 이글이글 끓는 그 화로는 무슨 의미일까요. 그건 그렇다 치고 다 빠져나간 몸에 하필 꽁지만 걸려 애를 쓰는 건 무엇일는지.

마나님은 하도 괴상히 생각하고 그 이야기를 영감님에게 하였습니다.

이걸 듣고는 영감님마자 눈을 둥그렇게 떴습니다.

그리고 얼마 있더니 손으로 무릎을 탁 치며

"허불싸[3]! 좋긴 좋구면서두—"

하고 입맛을 다십니다. 그 눈치가 매우 실망한 모양입니다.

"그게 바로 태몽이 아닌가?"

"태몽이라니 그게 무슨 소리유?"

하고 마나님이 되짚어 물으니까

"아들 날 꿈이란 말이지—"

"아들을 낳다니? 낼 모레 죽을 것들이 무슨 아들인구!"

"허, 그러게 말이야— 누가 좀 더 일찍이 꾸지 말았던가!"

하고 영감님은 슬픈 낯으로 한숨을 휘 돌립니다.

이럴 즈음에 싸리문께서 꽹과리 치는 소리가 들려옵니다.

마나님은 좁쌀 한 쪽박을 퍼 들고 나오며 또한 희한한 생각이 듭니다. 여지껏 이렇게 간구한 오막살이를 바라고 동냥하러 온 중이 없었습니다. 그런데 오늘은 이게 웬일입니까. 다 쓰러진 싸리문 앞에 서서 중이 꽹과리를 두드릴 수 있으니, 별일도 다 많습니다.

마나님은 좁쌀을 그 바랑[4]에 쏟아 주며

"입쌀[5]이 있었으면 갖다 드리겠는데 우리두 장[6]이 좁쌀만 먹어요."

하고 적이 미안쩍어 합니다. 모처럼 멀리 찾아온 손님을 좁쌀로 대접해서는 안 될 말입니다. 동냥을 주고도 그 자리에 그냥 우두커니 서서 마음이 썩 편치 않습니다. 그래서 논밭길로 휘돌아 내려가는 중의 뒷모습을 이윽히 바라보고 서 있습니다.

하기는 중도 별 중을 다 봅니다. 좁쌀이건 쌀이건 남이 동냥을 주면 고맙다는 인사가 있어야 할 게 아닙니까. 두발이 허옇게 센 깨끗한 노승으로서 남의 물건을 묵묵히 받아 가다니, 그건 좀 섭섭한 일이라 안 할 수 없습니다.

그러나 더욱 이상한 것은 그다음 날 똑 고맘때 중 하나가 또 왔습니다. 이번에는 마나님이 좁쌀 한 쪽박을 퍼 들고 나가 보니 바로 어제 왔던 그 노승이 아니겠습니까. 그리고 어제와 한 가지로 묵묵히 동냥을 받아 가지고는 그대로 돌아서고 마는 것입니다.

어쩌면 사람이 이렇게도 무뚝뚝할 수가 있습니까. 고마운 것은 집어치우고 부드럽게 인사 한마디만 있어도 좋겠습니다. 하나 마나님은 눈살 하나 찌푸리는 법 없이 도리어 여기까지 멀리 찾아온 것만 기쁜 일이라 생각하였습니다.

그러다 셋째 번 날에는 짜장 놀라지 않을 수 없었습니다. 똑 고맘때 바로 고 중이 또 찾아오지 않았겠습니까. 마나님은 동냥을 군말 없이 퍼다 주며 얼떨떨한 눈으로 그 얼굴을 뻔히 쳐다보았습니다.

그제서야 그 무겁던 중의 입이 비로소 열립니다.

"마나님! 내 관상을 좀 볼 줄 아는데, 좀 봐 드릴까요?"

하고 무심코 마나님을 멀뚱히 바라봅니다.

마나님은 너무도 반가워서 주름 잡힌 얼굴을 싱긋벙긋하며

"네! 어디 언제 죽겠나 좀 봐 주슈."

"아닙니다. 돌아가실 날짜를 말씀해 드리는 것이 아니라, 앞으로 장차 찾아올 운복을 말씀해 드리겠습니다."

"인제는 거반 다 살고 난 늙은이가 무슨 복이 또 남았겠어요?"

여기에는 아무 대답도 하려 하지 않고 노승은 고 옆 궤때기[7] 위에가 털썩 주저앉습니다. 그리고 허리띠에 찬 염낭[8]을 뒤적대더니 강한 돋보기와 조그마한 책 한 권을 꺼내 듭니다. 돋보기 밑으로 그 책을 바짝 들이대고 하는 말이

"마나님! 당신은 참으로 착하신 어른입니다. 그런데 불행히도 전생에 지은 죄가 있어 지금 이 고생을 하는 것입니다." 하고 중은 한 손으로 허연 수염을 쓰다듬어 내리더니

"그러나 인제는 그 전죄[9]를 다 고생으로 때우셨습니다. 인제 앞으로는 복이 돌아옵니다. 우선 애기를 가지시게 될 것입니다."

"아니 이대도록[10] 호호 늙은이가 무슨 애기를 가진단 말씀이유?"

하고 망측스럽단 듯이 눈을 깜작깜작하다가, 그래도 마음에 솔깃한 것이 있어

"그래 우리 같은 늙은이에게도 삼신께서 애를 점지해 주슈?"

"그런 것이 아니라, 현재 마나님에게 애기가 있습니다. 그런데 다만 마나님 눈에 보이지만 않을 뿐입니다."

"네, 애가 지금 있어요?"

하고 마나님은 눈을 휘둥그렇게 굴리지 않을 수 없었습니다. 노승의 하는 말이 그게 무슨 소린지 도시 영문을 모릅니다.

두포전

"그럼 어째서 내 눈에는 보이지를 않습니까?"

"네, 차차 보입니다. 인제 내 보여 드리지요."

노승은 이렇게 말을 하더니, 등 뒤에 졌던 바랑을 끄릅니다. 그걸 무릎 앞에 놓고 뒤적거리다 고대[11] 좁쌀을 쏟아 넣던 그 속에서 자그마한 보따리 하나를 꺼냅니다. 그리고 다시 그 보따리를 끄를 때 주인 마나님은 얼마나 놀랐겠습니까.

집집으로 돌며 동냥을 얻어 넣고서 다니던 그 보따리입니다. 그 속에서 천만 뜻밖에도 말간 눈을 가진 애기가 나옵니다. 인제 낳은 지 삼칠 일이나 되는지 말는지 한 그렇게 나긋나긋한 귀동자입니다.

"마나님! 이 애가 바로 당신의 아들입니다."

"네?"

하고 마나님은 얻어맞은 사람같이 얼떨떨하였습니다. 그러나 애기를 보니 우선 반갑습니다. 두 손을 내밀어 자기 품으로 덥석 잡아채 가며

"정말 나 주슈?"

하고 눈에 눈물이 글썽글썽했습니다.

"아니요, 드리는 것이 아니라 바로 당신의 아들입니다. 그러나 혹시 요담에 와 다시 찾아갈 날이 있을지도 모릅니다."

노승은 이렇게 몇 마디 남기고는 휘적휘적 산모롱이로 사라집니다. 물론 이쪽에서 이것저것 캐물어도 아무 대답도 해 주는 법이 없습니다.

2. 행복한 가정

 마나님은 애기를 품에 안고서 허둥지둥 뛰어들어갑니다.
 "여보! 영감!"
하고는 숨이 차 한참을 진정하다가 그 자초지종을 저저이[12] 설명합니다. 그리고 분명히 들었는데 노승의 말이
 "이 애가 정말 내 아들이랍니다."
 "뭐? 우리 아들이야?"
하고 영감님 역시 좋은지 눈을 커다랗게 뜨고는 싸리문 밖으로 뛰어 나옵니다. 아무리 생각하여도 심상치는 않은 중입니다. 직접 만나 보고 치사[13]의 말을 깎듯이 하여야 될 겁니다.
 그러나 동리를 샅샅이 뒤져 보아도 노승의 그림자는 가뭇도 없었습니다[14]. 다시 집으로 터덜터덜 돌아와서는
 "아, 아 그렇게 자꾸만 만지지 말아."
하고는 다시 한 번 애기를 품에 안아 보았습니다. 과연 귀엽고도 깨끗한 애기입니다. 어쩌면 이렇게 살결이 희고 눈매가 맑습니까. 혹시 이것이 꿈이나 아닐지 모릅니다.
 영감님은 손으로 눈을 비비고 나서 다시 들여다 보았습니다마는, 이것이 결코 꿈은 아닐 듯 싶습니다. 그러면 노승은 무엇일까, 또는 어째서 자기네에게 이 애기를 맡기고 간 것일까. 아무리 궁리하여 보아도 그 속은 참으로 알 수가 없습니다.

그러나 하여튼 애기를 얻은 것만 기쁠 뿐입니다. 그들은 애기를 가운데 놓고 앉아서 해가 가는 줄도 모릅니다.

이렇게 하여 얻은 것이 즉 두포입니다.

그들은 날마다 애기를 키우는 걸로 그날그날의 소일을 삼았습니다. 애기에게 젖이 있었으면 얼마나 좋겠습니까. 나이가 이미 늙어서 마나님은 아무리 젖을 짜 보아도 나오지를 않습니다. 하릴없이 조를 끓여 암죽[15]으로 먹일 때마다 가엾은 생각이 안 날 수 없었습니다. 그래서 때때로 영감님이 애기를 안고서 동리로 나갑니다. 왜냐하면 애기 있는 집으로 돌아다니며 그 젖을 조금씩 얻어먹이는 것입니다.

이렇게 제구가 없어 젖 구걸을 다니건만 애기는 잘도 자랍니다. 주접[16] 한 번 끼는 법 없이 돋아나는 풀싹처럼 무럭무럭 잘도 자랍니다.

그리고 세상에는 이상한 애기도 다 있습니다. 열 살이 넘어서자, 그 힘이 어른 한 사람을 넉넉히 당합니다. 뿐만 아니라 얼굴 생김이 늠름한 맹호 같아서 보는 사람으로 하여금 머리를 숙이게 하는 것입니다. 겸하여 늙은 부모에게 대한 그 효성에도 놀랍지 않을 수가 없었습니다.

동리 어른들은 그 애를 좋아하였습니다. 그리고 자기네끼리 모이면

"저 두포가 보통 아이는 아니야!"

하고 은근히 수군거리곤 하였습니다.

늙은 아버지와 어머니는 그를 극진히 사랑하였습니다. 그리고 나날이 달라져 가는 그 행동을 유심히 바라보고 있었습니다.

"필연 이 애가 보통 사람은 아닌 거야."

"남들도 이상히 여기는 눈칩니다."

 이렇게 늙은 두 양주는 두포의 장래를 매우 흥미롭게 바라보고 있었습니다.

3. 놀라운 재복

 두포는 무럭무럭 잘도 자랍니다. 물론 병 한 번 앓는 법 없이 깨끗하게 자라 갑니다.

 늙은 아버지와 어머니는 너무도 기뻐서 어찌할 줄을 모릅니다. 나날이 달라져 가는 두포를 보는 것은 진품 그들의 큰 행복이었습니다. 아들을 아침에 산으로 내보내면 저녁 나절에는 싸리문 밖에가 두 양주가 서서, 아들 돌아오기를 기다리는 것이 하루하루 그들의 일이었습니다.

 그뿐 아니라, 두포가 들어오자 차차 집안이 늘지 않겠습니까. 산 밑에 놓였던 그 오막살이 초가집은 어디로 갔는지, 인제는 그림자도 보이지 않습니다. 그리고 그 자리에 고래등 같은 커다란 기와집이 널찍이 놓여 있습니다. 동리에서만 제

일갈 뿐 아니라, 이 세상에서 으뜸이라고, 다들 우러러보고 하였습니다.

그러나 어떻게 하여 이토록 부자가 되었는지, 그걸 아는 사람은 하나도 없었습니다. 그래, 어떤 이는 사람들이 워낙 착하여 하느님이 도와주신 거라고 생각하였습니다. 혹은 두포의 재주가 좋아 그런 거라고 생각하는 이도 있었습니다.

"재주? 무슨 재주가 좋아, 빌어먹을 녀석의 거! 도적질이지."

이렇게 뒤로 애매한 소리를 하며 돌아다니는 사람도 있습니다. 물론 이것은 두포를 원수같이 미워하는 요 건너 사는 칠태입니다.

칠태라는 사람은 동네에서 꼽아 주는 장사로, 무섭기가 맹호 같은 청년입니다. 그런데 마음이 본디 불량하여 남의 물건을 들어다 놓고, 제 것같이 먹고 지내는 도적입니다. 이렇게 엄청난 짓을 하여도 동리에서는 아무도 그를 나무라는 사람이 없었습니다. 왜냐하면 그는 너무 힘이 세므로 괜스레 잘못 덤볐다간 이쪽이 그 손에 맞아 죽을지 모릅니다.

그리하여 칠태는 제힘을 자신하고, 한번은 두포의 집 뒷담을 넘었습니다. 이 집 뒷광에 있는 쌀과 돈, 갖은 보물이 탐이 납니다.

그러나 열고 들어가 후무려 내면[17] 그만입니다. 누구 하나 말릴 사람은 없으리라고, 마음 놓고 광문의 자물쇠를 비틀어

봅니다. 이때 이것이 웬일입니까

"이놈아!"

하고 벽력처럼 무서운 소리가 나자, 등어리에 철퇴가 떨어지는지 몹시도 아파 옵니다. 정신이 아찔하여 앞으로 쓰러지려 할 때, 이번에는 그 육중한 몸뚱이가 공중으로 치올려 뜨지 않겠습니까. 그러나 다시 떨어졌을 때에는 거지반 얼이 다 빠지고 말았습니다.

하지만 힘꼴이나 쓴다는 장사가 요까짓 것쯤에 맥을 못 추려서야 말이 됩니까. 기를 바짝 쓰고서 눈을 떠 보니 별일도 다 많습니다. 칠태의 그 무거운 몸뚱이가 두포의 두 팔에가 어린애같이 안겨 있지 않겠습니까. 그리고 집안에서 시작된 일이 어떻게 되어, 여기가 대문 밖입니까. 이건 참으로 알 수 없는 귀신의 노릇입니다.

그러자 두포는 칠태의 몸뚱이를 번쩍 쳐들어 무슨 헝겊때기 같이 풀밭으로 내던졌습니다. 그리고 그는 두 손을 바짓자랑이에 쓱 문대며

"이놈! 다시 그래 봐라. 이번엔 허리를 끊어 놓을 테니."

하고는 집으로 들어가 버립니다. 그 태도가 마치 칠태 같은 것쯤은 골백다섯이 와도 다―우습다냥 싶습니다.

이걸 가만히 바라보니, 기가 막히지 않을 수 없습니다. 제 깐에는 장사라고 뽐내고 다녔더니, 인제 겨우 열댓밖에 안 된 아이놈에게 이 욕을 당해야 옳습니까.

그건 그렇다 하고, 대관절 어떡해서 공중을 날아 대문 밖으로 나왔겠습니까. 아무리 생각해도 두포의 재주에는 놀라지 않을 수가 없었습니다. 광문 앞에서 필연, 두포가 칠태의 몸을 번쩍 들어 공중으로 팽개친 것이 분명합니다. 그래 놓고는 그 몸이 대문 밖 밭고랑에가 떨어지기 전에 날쌔게 뛰어나가서 두 손으로 받은 것이 아니겠습니까. 그렇지 않았다면 칠태는 땅바닥에 그대로 떨어져서 전병같이 되고 말았을 것입니다. 이건 도저히 사람의 일 같지 않았습니다.

칠태는 도깨비에 씌운 듯이 등줄기에가 소름이 쭉 내끼쳤습니다. 그리고 속으로 썩 무서운 결심을 품었습니다.

"흐응! 네가 힘만으로는 안 될라! 어디 보자."

이렇게 생각하고, 칠태는 도끼를 꽁무니에 차고서 매일같이 산으로 돌아다녔습니다. 왜냐하면 두포가 아침에 산으로 올라가면, 하루 온종일 두포의 그림자를 보는 사람이 없습니다. 겨우 저녁때 자기 집으로 들어가는 뒷모습밖에는 더 보지 못합니다.

"그러면 두포는 매일 어디에서 해를 지우나?"

이것이 온 동리 사람의 의심스러운 점이었습니다.

그러나 칠태는 저대로 이렇게 생각하였습니다. 제 놈이 허긴 뭘 해. 아마 산속 깊이 도적의 소굴이 있어서 매일 거기에가 하루하루를 지내고 오는 것이라고. 그러니까 산으로 돌아다니면 언젠가 네놈을 만날 것이다. 만나기만 하면 대뜸 달려

들어 해골을 두 쪽으로 내겠다고 결심했던 것입니다.

칠태는 보름 동안이나 낮 밤을 무릅쓰고 산을 뒤졌습니다. 산이란 산은 샅샅이 통[18] 뒤져 본 폭입니다.

그러나 이게 웬일입니까. 두포는 발자국조차 찾아볼 길이 없습니다.

4. 칠태의 복수

그러자 하루는 해가 서산을 넘을 석양이었습니다.

칠태가 하루 온종일 산을 헤메다가 기운 없이 내려오니, 저 맞은쪽 산골짜기에서 사람의 그림자가 힐끗합니다. 그는 부지중 몸을 뒤로 걷으며 가만히 노려보았습니다. 그러고는 너무도 기뻐서 몸이 부들부들 떨렸습니다.

이날까지 그렇게도 눈을 까뒤집고 찾아다니던 두포, 두포. 흐응! 네가 바로 두포로구나. 이놈 어디 내 도끼를 한번 받아 보아라.

칠태는 숲 속으로 몸을 숨겨 두포의 뒤를 밟았습니다. 그러나 두포에게로 차차 가까이 올수록 눈을 크게 뜨지 않을 수 없었습니다. 왜냐하면 두포의 양 어깨 위에는 커다란 호랑이 두 마리가 얹혀 있지를 않겠습니까. 이걸 보면 필연 두포가 주먹으로 때려잡아 가지고 내려오는 것이 분명합니다.

칠태는 따라가던 다리가 멈칫하여 장승같이 서 있습니다. 아무리 도끼를 가졌대도 두포에게 잘못 덤볐단 제 목숨이 어떻게 될지 모릅니다. 이럴까, 저럴까 망설이고 섰을 때, 때마침 두포가 어느 바위에 걸터앉아서 신의 들메[19]를 고칩니다. 꾸부리고 있는 그 뒷모양을 보고 칠태는 다시 용기를 내었습니다. 이깟놈의 거, 뒤로 살살 기어가서 도끼로 내려찍으면 고만이다. 이렇게 결심을 먹고 산잔등에 엎드려 소리 없이 기어 올라갑니다.

등 뒤에서 칠태의 머리가 살며시 올라올 때에도 두포는 그걸 모릅니다. 다만 허리를 구부리고 신들메만 열심히 고치고 있었습니다.

칠태는 허리를 펴며 꽁무니에서 도끼를 꺼냈습니다. 그리고 때는 이때라고 온몸에 용을 써 가지고 두포의 목덜미를 내려찍었습니다.

워낙이 정성을 들여 내려찍은 도끼라, 칠태 저도 어떻게 된 영문을 모릅니다. 확실히 두포의 몸이 도끼날에 두 쪽이 난걸 이 눈으로 보았는데, 다시 살펴보니 두포의 몸은 간 곳이 없습니다. 다만 바위에가 도끼날 부딪히는 딱 소리와 함께 불이 번쩍 나고 말았을 뿐입니다. 그리고 불똥이 튀는 바람에 칠태의 왼눈 한 짝은 이내 멀어 버리고 말았습니다. 참으로 이상스러운 일입니다. 사람의 몸이 어떻게 바위로 변하는 수가 있습니까.

칠태는 두포에게 속은 것이 몹시도 분하였습니다. 하나 어째 볼 수 없는 일이라, 아픈 눈을 손등으로 비비며 터덜터덜 산을 내려옵니다.

그리고 가만히 생각해 보니, 두포가 보통 사람이 아닌 것을 인제 깨닫게 됩니다. 우선 두포의 늙은 부모를 보아도 알 것입니다. 그들을 벌써 죽을 때가 지난 사람들입니다. 그렇건만 두포가 가끔 산에서 뜯어 오는 약풀을 먹고는, 늘 싱싱하게 있는 것이 아닙니까. 이것 말고도 동리 사람 중에서도 금세 죽으려고 깔딱깔딱하던 사람이 두포에게 그 풀을 얻어먹고 살아난 사람이 한둘이 아닙니다.

이것만 보더라도 두포에게는 엄청난 술법이 있음을 알 것입니다.

칠태는 여기에서 다시 생각을 하였습니다. 제아무리 두포를 죽이려고 따라다닌대도, 결국은 제 몸만 손해입니다. 이번에는 달리 묘한 꾀를 쓰지 않으면 안 될 것입니다.

칠태는 동리로 내려와 전보다도 몇 갑절 더 크게 도적질을 하였습니다. 그리고 뒤로 돌아다니며 하는 소리가

"그 두포란 놈이 누군가 했더니, 알고 보니까 큰 도적단의 괴수더구면."

하고 여러 가지로 거짓말을 꾸몄습니다.

동리 사람들은 처음에는 반신반의하여 귓등으로 넘겼습니다마는 열 번 찍어 안 넘어가는 나무가 없다고, 나중에는 솔

깃이 듣고 말았습니다.

그리고 동리에서는 여기저기서

"아, 그 두포가 큰 도적이라지?"

"그럴 거야, 그렇지 않으면 그 고래등 같은 큰 기와집이 어서 생기나? 그리고 아침에 나가면 그림자도 볼 수 없지 않아?"

"그래, 두포가 확실히 도적놈이야. 요즘 동리에서 매일같이 도적을 맞는 걸 보더라도 알지 뭐!"

하고는 두포에게 대한 험구덕[20]이 대구 쏟아집니다.

그리하여 모든 사람이 모여 회의를 하였습니다. 그리고 두포네를 이 동리에서 내쫓거나, 그렇지 않으면 죽여 없애기로 결정하였습니다.

우선 두포를 향해 동리에서 멀리 나가 달라고 명령하였습니다. 그때 두포의 대답이

"아무 죄도 없는 사람을 내쫓는 법이 어디 있습니까?"

하고는 빙긋이 웃을 뿐입니다. 그러고는 며칠이 지나도 나가 주지를 않습니다.

동리 사람은 그러면 인젠 하릴없으니, 우선 두포부터 잡아다 죽이자고 의논이 돌았습니다.

그래, 어느 날 아침, 일찍이 장정 한 삼십 명이 모여 두포의 집으로 몰려갔습니다.

5. 두포를 잡으려다가

아직 해도 퍼지지 않은 이른 아침입니다.

동리 사람들은 두포네 집 대문간에 몰려들었습니다. 그들 중의 가장 힘센 몇 사람은 굵은 밧줄을 메고, 또 더러는 육모방망이[21]까지 메고 왔습니다. 두포가 순순히 잡히면 모르거니와 만일에 거역하는 나달[22]에는 함부로 두들겨 죽일 작정입니다.

우선 그들은 대문 밖에 서서

"두포 나오너라. 잠자코 묶여야지, 그렇지 않으면 네 부모에게까지 해가 돌아가리라."

하고 커다랗게 호령하였습니다.

두포는 손등으로 눈을 비비며 나옵니다. 그런데 웬 영문인지 몰라 떨떠름히 그들을 바라봅니다.

그때 동리 사람 삼십 명은 한꺼번에 와짝 달려들어 두포를 사로잡았습니다. 어떤 사람은 팔을 뒤로 꺾고, 또 어떤 사람은 목을 밧줄로 얽어 냈습니다.

이렇게 두포를 얽었을 때, 두포는 조금도 놀라는 기색이 없습니다. 그냥 묶는 대로 맡겨 두고, 뻔히 바라보고 있을 따름입니다.

그들은 뜻밖에도 두포를 쉽사리 잡은 것이 신이 납니다. 인제는 저 산속으로 끌어다 죽이기만 하면 그만입니다. 제아무리 장비 같은 재주라도 이 판에서 빠져나가지는 못할 것이다. 그들은 마치 개를 끌어대듯이 두포를 함부로 끌어댔습니다.

이때 묵묵히 섰던 두포가 두 어깨에 힘을 주니, 몸을 몇 고팽이[23]로 칭칭 얽었던 굵은 밧줄이 툭툭 나갑니다. 그 모양이 마치 무슨 실 나부랭이 끊는 듯이 어렵지 않게 벗어납니다.

동리 사람들은 이걸 보고서 눈들을 커다랗게 떴습니다. 어찌나 놀랐는지 이마에 땀까지 난 사람도 있었습니다. 대체 이놈이 사람인가, 귀신인가. 아무리 뜯어보아야 입, 코에 눈 두 짝 갖고 있기는 매일반이렸만 이게 대체 어떻게 된 놈인가.

이렇게들 얼이 빠져서 멀거니 서 있을 때, 두포가 두 팔을 쩍 버리고 몰아냅니다. 하니까 자빠지는 놈에, 엎어지는 놈, 혹은 달아나는 놈, 그 꼴들이 가관입니다. 그들은 이렇게 두포에게 가서 욕만 당하고 왔습니다.

다시 생각하면, 이것은 동리의 수치입니다. 인제 불과 열다섯밖에 안 된 아이놈에게 동리 어른이 욕본 것입니다. 이거야 될 말이냐고, 그들은 다시 모여서 새 계획을 쓰기로 하였습니다. 이 새 계획이라는 건, 두포는 영영 잡을 수 없다, 하니까 이번에는 그 집에다 불을 질러 세 식구를 태워 버리자는 음모였습니다.

하루는 밤이 깊어서입니다.

그들은 제각기 지게에 나무 한 짐씩을 지고 나섰습니다. 이 나무는 두포의 집을 에워싸고 그 위에 불을 지를 것입니다. 그러면 이 불이 두포의 집으로 차츰차츰 번져 들어가, 나중에는 두포네 세 식구를 씨도 없이 태울 것입니다.

그래 그들은 소리 없이 자꾸만 자꾸만 나무를 지어다 쌓았습니다. 얼마를 그런 뒤 '이제는 너희들이, 빠져나올래도 빠져나올 도리가 없을 것이다.' 하고 생각하는데, 사방에서 일제히 불을 질렀습니다.

워낙이 잘 마른 나무라 불이 닿기가 무섭게 활활 타오릅니다. 나중에는 화광[24]이 충천하여 온 동네가 불이 된 것 같습니다.

그들은 멀찌감치 서서 두포의 집으로 불이 번져들기를 지켜 보고 있었습니다.

"인젠 별 수 없이 다 타 죽었네."

"그렇지, 제아무리 뾰족한 재주라도 이 불 속에서 살아날 수는 없을 것일세."

"그렇지. 제 놈이 기운이나 셌지, 무슨 술법이 있겠나?"

이렇게 서로 비웃는 소리를 주고받고 하였습니다. 그런 동안에 불길은 점점 내려 쏠리며 집을 향해 먹어 들어갑니다. 인제 한 식경[25] 좀 있으면 불길은 완전히 처마 끝을 핥고 들겁니다.

그들은 아기자기한 재미를 구경하고 서 있습니다. 그러나 불길이 두포네 집 처마 끝을 막 핥을 때, 이게 또 웬 놈의 조화입니까. 달이 밝던 하늘에 일진 광풍이 일며, 콩알 같은 빗방울이 무더기로 쏟아집니다. 그런지 얼마 못 가서 두포의 집으로 거반 다 타들어 왔던 불길이 차차 꺼지기 시작합니다.

그들은 하도 놀라서 꿀 먹은 벙어리가 되었습니다. 서로 눈들만 맞춰 보며, 하나도 입을 벌리는 사람이 없습니다. 마른 하늘에 벼락이 있다더니, 이게 바로 그게 아닌가.

그들은 은근히 겁을 집어 먹고 떨고 서 있습니다.

"이건 필시 하늘이 낸 사람이지 보통 사람은 아닌 걸세."

"그래그래. 이게 반드시 하늘의 조화지, 사람의 힘으로야 될 수 있나."

이렇게들 쑤군쑤군하고 의논이 벌어졌습니다. 그들은 지금 천벌이나 입지 않을까 하고 애가 졸입니다. 착하고 깨끗한 두포를 죽이려 들었으니 어찌 그 벌을 받지 않겠습니까.

"그것 봐, 애매한 사람을 죽이려 드니까 마른 하늘에 생벼락이 안 내릴까."

하고, 한 사람이 눈살을 찌푸릴 때 고 옆에 서 있던 칠태가 펄쩍 뜁니다.

"천벌이 무슨 천벌이야. 도적놈을 잡아내는 게 천벌일까?"

하고, 괜스레 골을 냅니다.

그러나 칠태는 제아무리 골을 내도 인제는 딴 도리가 없습니다. 동리 사람들은 하나 둘 시나브로[26] 없어지고, 비는 쭉쭉 내립니다.

6. 이상한 노승

칠태는 두포 때문에 눈 한 짝 먼 것이, 생각하면 할수록 분합니다. 몸에 열파[27]가 날지라도, 이 원수를 어찌 갚지 않겠습니까. 마음대로만 된다면 당장 달려들어 두포의 머리라도 깨물어 먹고 싶은 판입니다.

칠태는 매일같이 두포의 뒤를 밟았습니다. 언제든지 좋은 기회만 있으면 해치려는 계획입니다.

그러나 어쩐 일인지 중도에서 두포를 잃고 잃고 하였습니다. 어느 때에는 두포의 걸음을 못 따라 놓치기도 하고, 또 어느 때에는 두 눈을 똑바로 뜨고도 목전에 두포가 어디로 갔는지 정신없이 잃어버리기도 합니다.

이렇게 하여 칠태는 근 한 달 동안이나 허송세월로 보냈습니다.

그러자 하루는, 묘하게도 산속에서 두포를 만났습니다. 이 날은 별로 두포를 찾을 생각도 없었습니다. 다만 나무를 할 생각으로 지게를 지고 산속으로 들어간 것입니다. 그러나 몸이 피곤하여 어느 나무뿌리에 쭈그리고 앉아서 졸고 있을 때입니다.

칠태가 앉아 있는 곳에서 한 이십여 칸 떨어져, 커다란 바위가 누워 있습니다. 험상스레 생긴 집채 같은 바위인데 그 복판에 잣나무 한 주가 박혔습니다. 그런데 잠결에 어렴풋이 보니까, 그 바위가 움직움직 놀지를 않겠습니까. 에? 이게 웬 일인가, 이렇게 큰 바위가 설마 놀리는 없을 텐데…….

칠태는 졸린 눈을 손으로 비비고, 다시 한 번 똑똑히 보았습니다. 아무리 몇 번 고쳐 보아도 분명히 바위는 놉니다.

그제야 칠태는 심상치 않은 일임을 알고 숲 속으로 몸을 숨겼습니다. 그리고 눈을 똑바로 뜨고는 그 바위를 노려보고 있습니다. 조금 있더니, 집채 같은 그 바위가 한복판이 툭 터지며 그와 동시에 새하얀 용마를 탄 장수 하나가 나옵니다. 장수는 사방을 둘레둘레 훑어보더니 공중을 향해 쏜살같이 없어졌습니다.

이때, 칠태가 놀란 것은 그 장수의 양 겨드랑에 달린 날갯죽지였습니다. 눈부시게 번쩍번쩍하는 날개를 쭉 펴자, 용마와 함께 날아간 장수. 그리고 더욱 놀란 것은 그 장수의 얼굴이 두포의 얼굴과 어쩌면 그렇게도 똑같은지 모릅니다. 혹은 이것이 정말 두포가 아닐까, 또는 제가 잠결에 잘못 보지나 않았는가, 하고 두루두루 의심해 봅니다. 그러나 조금만 더 지켜보면 다 알 것입니다. 오늘 하루 해를 여기서 다 지우더라도, 확실히 알고 가리라고 눈을 까뒤집고는 지키고 앉았습니다.

이렇게 하여 대낮부터 앉아 있던 칠태는 해가 서산에 지려는 것도 모릅니다. 그러다 장수와 용마가 다시 나타났을 때에는 칠태는 정신 없이 그 관상을 뜯어봅니다. 그러나 아무리 뜯어보아도 그것은 분명히 두포의 얼굴입니다. 장수는 그 먼젓번 나오던 바위로 용마를 탄채 들어갑니다. 그러니까 쭉 갈라졌던 바위가 다시 여며져 먼젓번 놓였던 대로 그대로 놓입니다. 그리고 조금 있더니 그 바위 저쪽에서 정말 두포가 걸어 나옵니다. 그리고 그 뒤에 노인 한 분이 지팡이를 끌며 따라 나옵니다. 그 모습이 십오 년 전 바랑에서 두포를 꺼내던 바로 그 노승의 모습입니다.

노인은 두포를 끌고서 고 아래 시새밭으로 내려오더니, 둘이 서서 무어라고 이야기가 벌어집니다. 노인은 지팡이로 땅을 그어 무엇을 가르쳐 주기도 하고 두포의 머리를 손으로 쓰다듬으며 무어라고 중얼거리기도 합니다. 그럴 때마다 두포는 두 손을 앞으로 모으고 공손히 듣습니다.

칠태는 열심히 그들의 얘기를 엿듣고자 애를 썼습니다. 그러나 너무 사이가 떠, 한마디도 제대로 들을 수가 없습니다. 저 노인은 무언데, 저렇게 두포를 사랑하는가, 아무리 궁리하여 보아도 알 수 없는 일입니다.

그러자 두포가 노인 앞에 엎드려 절을 하고 나니, 노인은 그 자리에서 간 곳이 없습니다. 그제야 두포는 산 아래를 향해 내려오기 시작합니다.

칠태는 두포의 뒤를 멀찍이 따라오며 이 궁리 저 궁리 하여 봅니다. 또 쫓아가 도끼로 찍어 볼까, 그러다 만약에 저번처럼 눈 한 짝이 마저 먼다면 어찌할 건가? 그러나 사내자식이 그걸 무서워해서야 될 말이냐.

칠태는 또 도끼를 뽑아 들고는 살금살금 쫓아갑니다. 어느 으슥한 곳으로 따라가 싹도 없이 찍어 죽일 작정입니다.

두포와 칠태의 사이는 차차 접근해 옵니다. 결국에는 너덧 걸음밖에 안 될 만치 칠태는 바짝 붙었습니다. 이만하면 도끼를 들어찍어도 실패는 없을 것입니다.

두포가 굵은 소나무를 휘돌아들 때, 칠태는 도끼를 번쩍 들기가 무섭게

"이놈아! 내 도끼를 받아라."

하고, 기운이 있는 대로 머리께를 내려찍었습니다. 그와 동시에 칠태는 에그머니 소리와 함께 땅바닥에 가 나둥그러지고 말았습니다.

왜냐하면 도끼를 내려찍고 보니 두포는 금세 간 곳이 없습니다. 그리고 도끼는 허공을 힘차게 내려와 칠태의 정강이를 퍽 찍고 말았던 것입니다. 다리에서는 시뻘건 선혈이 샘 같이 콸콸 쏟아집니다.

그리하여 칠태는 그 다리를 두 손으로 부둥켜안고는

"사람 살리우—"

하고, 산이 쩡쩡 울리도록 소리를 들이질렀습니다. 그러나 워낙이 깊은 산속이라 아무도 찾아와 주지를 않았습니다.

7. 이상한 지팡이

아무리 사람 살려달라고 소리를 쳐도 그 소리를 이 산골짜기 저 산봉우리 받아 울릴 뿐, 대답하고 나오는 사람은 없습니다.

정말 칠태는 큰일 났습니다. 해는 저물어 점점 어두워 가고, 도끼에 찍힌 상처에서는 쉴 새 없이 피가 흐릅니다. 저절로 눈물이 펑펑 쏟아지도록 아픕니다. 하지만 칠태는 아픈 생각보다는 이러다가 그만 두포 이놈의 원수도 갚지도 못하고 어찌 되지 않을까 하여 눈물이 났습니다.

그나 그뿐이겠습니까. 벌써 사방은 컴컴하고 거치른 바람이 첩첩한 수목을 쏴아쏴아. 그리고 이따금씩 어흐흥어흐흥 하고 산이 울리는 무서운 짐승 우는 소리가 들립니다. 아마 호랑이인 듯싶습니다. 그 소리는 칠태가 있는 곳으로 점점 가까이 옵니다. 바로 호랑이입니다. 엄청나게 큰 대호가 소나무 숲 사이에서 눈을 번쩍번쩍 칠태를 노리고 다가옵니다.

꼼짝 못하고 칠태는 이 깊은 산속에서 아무도 모르게 호랑이 밥이 되려나 봅니다. 걸음을 옮기자니 발 하나 움직일 수 없고 팔 하나 들 수 없는 칠태입니다. 아무리 기운이 장하지만 이 지경으로 어떻게 호랑이 같은 사나운 맹수를 당해 낼 수 있겠습니까.

그래도 칠태는 사람을 불러 구원을 청해 보는 수밖에 없습니다.

"사람 살류. 사람 살류."

그리고

"아무도 사람 없수."

그러자 어디선가

"칠태야."

하고, 자기를 부르는 소리가 났습니다. 두포의 음성입니다. 그러나 이상한 일도 많습니다. 부르는 소리만 나고 두포도 아무도 볼 수는 없습니다.

두리번두리번, 사방을 돌아보는 칠태 눈에 이것은 또 무슨 변입니까. 금방 호랑이가 있던 자리에 호랑이는 간 데가 없고 뜻하지 않은 백발 노승이 긴 지팡이에 몸을 싣고 서 있습니다.

칠태는 그 노승에게 무수히 절을 하며 이런 말로 빌었습니다.

"산에 나무를 하러 왔다가 못된 도적을 만나 이 모양이 되었습니다. 제발 저를 이 아랫마을까지만 갈 수 있게 해 주십시오."

그러나 노승은 잠잠히 듣고만 섰습니다. 그러더니 문득 입을 열어

"무해한 사람에게 해를 입히려 하면 도리어 자신이 해를 입게 되는 줄을 깨달을 수 있을까?"

하고, 노승은 엄한 얼굴로 칠태를 내려다봅니다. 하지만 칠태

는 무슨 뜻으로 하는 말인지도 깨닫지 못하면서 그저

"그럴 줄 알다 말구요. 알다 뿐이겠습니까."

"그렇다면 이후로는 마음을 고쳐 행실을 착하게 가질 수 있을까?"

"네, 고치고 말구요. 백번이라도 고치겠습니다."

하고, 칠태는 엎드려 맹세를 하는 것이로되, 그 속은 그저 어떻게 이 자리를 모면할 생각밖에는 없습니다. 노승은 또 한 번

"다시 나쁜 일을 범할 때는 네 몸에 큰 해가 미칠 줄을 명심할 수 있을까?"

하고, 칠태에게 단단히 맹세를 받은 후

"이것을 붙잡고 나를 따라오너라."

하고, 노승은 지팡이를 들어 칠태에게 내밀었습니다.

참 이상한 지팡이도 다 있습니다. 칠태가 그 지팡이 끝을 쥐자 금세 지금까지 아픈 다리가 씻은 듯 낫고 몸이 가볍기가 공중을 날 듯싶습니다.

아마 노승도 이 지팡이 까닭인가 봅니다. 허리가 굽고 한 노인의 걸음이라고는 할 수 없습니다. 빠르기가 젊은 사람 이상입니다. 그렇게 바위를 뛰어넘고 내를 건너뛰고, 칠태는 노승에게 이끌려 그 험한 산길을 언제 다리를 다쳤더냐 싶게 내려갑니다.

어느덧 칠태가 사는 마을 어귀에 이르러 노승은 걸음을 멈

추었습니다. 그러더니 또 한 번

"애매한 사람에게 해를 입히려다가는 먼저 네 몸에 해가 돌아갈 것을 명심해라."

하는 말을 남기자마자, 노승은 온데간데없이 칠태 눈앞에서 연기처럼 사라졌습니다.

세상에 이상한 노인도 다 보겠습니다. 칠태는 사람의 일 같지 않아, 정말 여기가 자기가 사는 마을 어귀인가 아닌가, 눈을 비비며 사방을 돌아봅니다. 틀림없는 마을 어귀, 돌다리 앞입니다.

그런데 이것은 웬 까닭입니까. 돌아서 걸음을 옮기려 하자 갑자기 발 하나를 들 수 없이 아픕니다. 조금 전까지도 멀쩡 하던 다리가 금세로 아까 산에서처럼 피가 철철 흐르고 그럽 니다.

그만 칠태는 땅바닥에 주저앉고 말았습니다. 그리고

"사람 살류. 사람 살류."

하고, 큰 소리로 마을을 향해 외쳤습니다.

마을 사람들은 무슨 일이 났나, 하고 이 집 저 집에서 모여 나와 칠태를 가운데로 둘러싸고는

"어떻게 된 일이야, 어떻게 된 일이야?"

하고 모두들 눈이 둥그래져서 궁금해 합니다. 그러자 칠태는

"두포, 그 도적놈이."

하고, 산에서 자기가 노루 사냥을 하는데 두포란 놈이 숨어

있다가 불시에 돌로 때려 이렇게 다리를 못 쓰게 해 놓고 자기가 잡은 노루를 도적질해 갔노라고 꾸며 대고는, 정말 그런 것처럼 칠태는 이를 북북 갈았습니다.

동리 사람들은 모두 칠태를 가엾이 여겨 쳇쳇 혀끝을 차며 두포를 나쁜 놈이라고 하였습니다. 그리고 칠태를 자기 집까지 업어다 주었습니다.

8. 엉뚱한 음해

마을에는 괴상한 일이 생겼습니다.

밤이면 마을 이 집 저 집에 까닭 모를 불이 났습니다. 그것도 하루 이틀이 아니고 날마다 밤만 되면 정해 놓은 일처럼

"불야! 불야!"

소리가 나고, 한두 집은 으레 재가 되어 버리곤 합니다.

이러다가는 마을에 성한 집이라고는 한 채도 남아나지 않을까 봅니다. 서로 마을 사람들은 무슨 까닭으로 밤마다 불이 나는 것인지 몰라 서로 눈들이 커다래져서 걱정들입니다.

그리고 어찌해야 좋을지 그 도리를 아는 사람도 없습니다. 다만 누구는

"분명 이것은 산화[28]지. 산화야."

하고 산에 정성으로 제를 지내지 않은 탓으로 그렇다 하고,

산제를 지내자고 서두르기도 합니다. 그러면 또 한 사람은

"산화란 뭔가? 도깨비 장난일세. 도깨비 장난이야."

하고, 정말 도깨비 장난인 걸 자기 눈으로 보기가 한 것처럼 말하며, 시루떡을 해 놓고 빌어 보거나 그렇지 않으면 판수[29]를 불러다가 경을 읽게 하여 도깨비들을 내쫓거나 하는 수밖에 도리가 없다고 주장합니다.

이렇게 각기 자기 말이 옳다고 떠는 판에 칠태가 썩 나섰습니다. 그리고

"산화는 다 뭐고, 도깨비 장난이란 다 뭔가?"

하고, 자기는 다 알고 있다는 얼굴을 하는 것입니다.

"그럼, 산화가 아니면 뭔가?"

"그럼, 도깨비 장난이 아니면 뭔가?"

하고, 사람들은 몸이 달아 칠태 앞으로 다가서며 묻습니다.

"그래 자네들은 산화나 도깨비 생각만 하고, 두포란 놈, 생각은 못하나."

하고, 칠태는 그걸 모르고 딴소리만 하는 것이 갑갑하다는 듯이 화를 벌컥 냅니다.

그리고 두포가 자기 집에 불을 논 앙갚음으로 밤마다 마을로 나와 불을 놓는 것이라 하고, 그 증거는

"보아라, 전일 두포네 집으로 불을 놓으러 갔던 사람의 집에만 불이 나지 않았느냐?"

합니다.

딴은 그렇게 생각하고 보면, 두포네 집으로 불을 놓으러 가던 사람의 집은 모조리 해를 입었습니다. 마을 사람들은
"아, 저런 죽일 놈 보아라."
하고, 아주 두포의 짓인 게 판명난 것처럼 주먹을 쥐며 분해합니다.

그러나 실상은 칠태의 짓입니다. 칠태가 밤이면 나와 다리를 절룩절룩 걸으며 처마 밑에 불을 지르던 것입니다. 그 이상한 지팡이를 가진 노승이 다짐하던 말이 무섭기도 하련만 원체 마음이 나쁜 칠태라 그런 말쯤 명심할 사람이 아닙니다. 머리에는 어떡하면 눈 하나를 멀게 하고 다리까지 못 쓰게 한 두포 이놈의 원수를 갚아 보나 하는 생각뿐입니다. 하지만 기운으로나 재주로나 도저히 두포와 맞겨눌 수는 없으니까 이렇게 뒤로 다니며 불을 놓고 하고는 죄를 두포에게 들씌웁니다. 그러면 마을 사람들이 두포를 가만두지 않을 테니까 칠태는 가만있어도 원수를 갚게 되리라는 생각입니다. 그 속을 모르고 마을 사람들은 두포를 다 죽일 놈 벼르듯 합니다.

"저놈을 어떡할까?"
하고, 모이면 공론이 이것입니다.

그러나 한 사람도 이렇게 할 도리를 말하는 사람은 없습니다. 두포의 그 엄청난 기운과 재주 앞에 섣불리 나섰다가 도리어 큰코를 다치지 않을까, 은근히 겁들이 났습니다.

그래서 이런 때에도

"어떻했으면 좋은가?"

하고, 칠태의 지혜를 빌어 보는 수밖에 없습니다.

칠태는 그것을 기다렸던 것같이 사람들을 한곳으로 모이게 하고 수군수군 무슨 짜위[30]를 하였습니다.

그리고 사람들은 얼굴에 자신 있는 웃음을 지으며 각각 자기 집으로 돌아가 괭이, 부삽, 넉가래 같은 연장을 들고 나왔습니다. 날이 저물자 그 사람들은 마을 옆으로 흐르는 큰 냇가로 모이더니 말 없이 그 내 중간을 막기 시작합니다. 떼[31]를 뜯어다가 덮고, 돌을 들어다 누르고, 흙을 퍼다가 펴고. 그러자 냇물은 점점 모이기 시작합니다. 날이 밝을 인시[32]에는 그 큰 내의 물이 호수와 같이 넘쳤습니다.

이제 일은 다 되었습니다. 산 밑, 두포네 집을 향한 둑 중간을 탁 끊어 놓았습니다. 물은 폭포같이 무서운 기세로 두포네 집을 향해 몰려갑니다.

마을 사람들은 언덕 위에 올라서서 그 장한 모양을 매우 통쾌한 얼굴로 보고 섰습니다. 인제 바로 눈 깜짝할 시간이면 물은 두포네 집을 단숨에 무찔러 버릴 것입니다. 제아무리 재주가 뛰어난 두포지만 이번엔 꼼짝 못하리라. 그런데 이게 웬일입니까. 물 끝이 두포네 집 근처에 이르자 마치 거기 큰 웅덩이 뚫린 듯이 물이 잦아집니다. 마침내 물은 냇바닥이 들어나도록 잦아지고 말았습니다.

하도 어이가 없어서 마을 사람들은 서로 얼굴을 쳐다보다

가는 한 사람 두 사람 슬슬 돌아가고 언덕 위에는 칠태 홀로 벌린 입을 다물지 못하고 섰습니다.

그러나 이것으로 그만둘 칠태가 아닙니다. 밤이 되면 칠태는 더욱 심하게 마을로 다니며 도적질을 하고 불을 놓고 합니다. 점점 거칠어져 이웃 마을이나 또 먼 마을에까지 다니며 그런 짓을 계속합니다. 그럴수록 두포를 원망하는 사람이 많아지고 그를 없애 버리려는 마음이 커 갔습니다.

마침내는 관가에서도 그 일을 매우 염려하여 누구든지 두포를 잡은 사람이면 크게 상을 준다는 광고를 동네방네에 내돌렸습니다.

9. 칠태의 최후

마을 사람들은 둘만 모여도 두포 이야기로 수군수군합니다.

두포를 잡는 사람에게는 후한 상금을 준다는 광고가 붙은 마을 어귀 게시판 앞에는 몇 날이 지나도록 사람이 떠날 새가 없이 모여 서서 그 광고를 읽고 또 남이 읽는 소리를 듣곤 합니다.

그러기는 허나 한 사람도 두포를 잡아 보겠다고는 생각조차 못합니다. 무슨 힘으로 두포의 그 놀라운 술법과 기운을 당할 엄두를 먹겠습니까.

"두포는 하늘이 낸 사람인걸, 우리네 같은 사람이 감히 잡을 수 있나?"

"그렇지 그래. 그 술법 부리는 것 좀 봐. 그게 어디 사람의 짓이야, 신의 조화지."

하고, 모두들 머리를 내저었습니다.

그러나 칠태는 여전히 큰소리입니다.

"술법은 제깟 놈이 무슨 술법을 부린다고 그러는 거여. 다 우연히 그렇게 된 걸 가지고."

그리고 칠태는 벌컥 불쾌한 음성으로 좌우를 돌아보며,

"그래, 당신들은 온 마을 온 군이 두포 놈 때문에 재 밭이 되어 버려도 가만히들 보고만 있을 테여."

하고, 연해[33] 마을 사람들을 충동하느라 성화입니다.

이럴 즈음에 또 한 가지 마을 사람들로 하여금 두포를 잡으려는 욕심을 돋울 일이 생겼습니다.

그때 마침 나라 조정에서 무슨 일인지 벼슬하는 사람들이 손수 수레를 타고 팔도로 돌며 어떤 사람 하나를 찾았습니다.

그 수레가 이 마을에서 멀지 않은 읍에도 나타나서 이런 소문을 냈습니다.

누구든지 이러이러하게 생긴 사람을 인도해 오는 사람에게는 많은 재물로 대접할 뿐더러, 높은 벼슬까지 내린다는 것입니다.

그런데 이상한 것은 그 찾는 사람의 모습이 바로 두포의 생긴 모습과 한 판같이 흡사한 것입니다. 나이가 같은 열다섯이고, 얼굴 모습이 그렇고, 더욱이 이마에 검정 사마귀가 있는 것까지 같습니다. 어쩌면 이렇게 두포를 눈앞에 놓고 말하는 듯이 같을 수가 있습니까. 의심할 것 없는 두포입니다.

대체 두포란 내력이 어떠한 사람이길래, 나라 조정에서 일개 소년을 많은 상금을 걸어서까지 찾습니까.

그것은 여차하고, 자아 두포를 잡기만 하면 관가에서 주는 상금은 말고도 나라의 벼슬까지 얻게 될 것이니 그게 얼마입니까. 가난하고 지체 없던 사람이라도 곧 팔자를 고치게 될 것입니다.

여기 눈이 어두워 더러 큰소리를 하는 사람도 있습니다.

"두포란 놈이 정 아무리 술법이 용하다기로 열다섯 먹은 아이놈 아니냐. 아이놈 하날 당하지 못한데선."

하고, 팔을 걷어붙이기는 마을에서 팔팔하다는 젊은 패들입니다. 그리고 나이 많은 사람들은

"술법을 부리는 놈을 잡으려면 역시 술법을 부려 잡아야 하는 거여."

하고 그 술법을 자기는 알고 있다는 얼굴을 하기도 합니다.

그러나 정작 자신 있게 나서는 사람은 하나도 없습니다. 무엇보다도 섣불리 나섰다가 도리어 큰 화를 입지나 않을까 하고 두려웠습니다. 어떻게 그런 변 없이 감쪽같이 올가미를

두포전

씨울 묘책이 없을까, 하고 그 궁리에 모두들 눈들이 컴컴해질 지경입니다.

그중에도 칠태는 더욱이 궁리가 많습니다. 그로 보면 이번이 두 번 얻지 못할 기회입니다. 이번에 두포를 잡으면 눈 한 쪽 다리 하나를 병신 만든 원수를 갚게 되기는 물론, 재물과 공명을 아울러 얻게 될 것이 생각만 해도 회가 동합니다.

(어떡하면 두포 이놈을 내 손으로 묶을 수 있을까.)

그러나 칠태 자기 재주로는 도저히 두포의 그 술법 그 기운을 당해 낼 게제가 못됩니다. 그게 어디 사람의 일이어야 말이지요. 어떻게 인력으로 마른 하늘에 갑자기 비를 만들고 그 숱한 물을 금세 땅 밑으로 스미게 합니까. 이건 사람의 힘은 아닙니다. '반드시 두포로 하여금 사람 이상의 그 힘을 갖게 한 무슨 비밀이 있을 것이다.' 여기까지 생각을 하다가 문득 칠태는

"옳다. 그렇다."

하고, 무릎을 탁 치며 일어섰습니다.

그날부터 칠태는 두포의 뒤를 밟아 그의 행적을 살핍니다. 두포는 매일 하는 일이, 날이 밝으면 집을 나가 산으로 갑니다. 칠태는 몸을 풀잎으로 옷을 해 가지고 슬슬 그 뒤를 따랐습니다. 두포가 가진 그 알 수 없는 비밀을 밝히려는 것입니다.

그런데 이상합니다. 아무리 눈을 밝혀 뒤를 밟아도 어떻게 중도에서 두포를 잃고 잃고 합니다. 그리고 번번이 잃게 되는

곳이 노송나무가 선 바위가 있는 근처입니다. 마치 그 바위 근처에 이르러서는 두포의 모양이 무슨 연기처럼 스르르 사라지는 것 같습니다.

사실 그렇습니다. 두포는 바위 근처에 이르러서는 자기 몸을 아무도 보지 못하게 변하는 것입니다.

그다음부터는 칠태는 근처 풀섶에 몸을 숨기고 앉아 그 바위를 지킵니다.

그러자 전일 칠태가 보던 똑같은 현상이 일어났습니다. 두포가 그 바위 앞에 이르러 무어라고 진언 한마디를 외자, 집채 같은 바위가 움질움질 놀더니 한가운데가 쩍 열립니다.

그리고 두포가 들어가고 바위가 전대로 닫혔다가는 얼마 후 다시 열릴 때에는 새하얀 용마를 탄 장수가 나타나 눈부시게 흰 날개를 치며 공중으로 사라집니다. 놀랍습니다. 그 용마를 탄 장수는 바로 두포입니다.

아무래도 조화는 이 바위에 있나 봅니다. 그러지 않아도 전부터 병 가진 사람이 빌면 병이 떨어지고, 아이 없는 사람이 아이를 빌면 태기가 있게 되는 영험이 신통한 바위입니다. 그러면 그렇지, 같은 이목구비를 가진 사람으로 어떻게 그런 조화를 부리겠습니까.

이제야 칠태는 두포의 그 비밀을 깨달은 듯이 고개를 끄덕끄덕, 아주 희색이 만면해서 산 아래로 내려갔습니다.

아마 칠태는 무슨 끔찍한 흉계가 있나 봅니다. 칠태는 그

길로 산 아래 자기 집으로 가더니 부엌으로 광으로 기웃거리며, 쇠망치, 정 또는 납덩이, 남비, 숯덩이 이런 것을 끄집어내옵니다. 그걸 망태에 담아 걸머지더니 역시 희색이 만면해서 집을 나섭니다. 그리고 두포가 자기 집에 돌아와 있는 기색을 살피고는 곧 산으로 치달았습니다.

마침내 바위가 있는 곳에 이르자 망태를 내려놓고, 칠태는 망치와 정을 꺼내 듭니다. 그리고 잠시 멈추고 서서 사방을 돌아보며 무엇을 조심하는 듯 주저하더니 이내 바위 한복판에 정을 대고 망치를 들어 두드리기 시작합니다.

그러면서도 무척 겁이 나나 봅니다. 연해 칠태는 두리번두리번 사방을 돌아보며 합니다. 아무도 없습니다. 다만 정을 때리는 망치 소리만 쩡쩡 산골짜기에 울릴 따름입니다.

그래도 마을에서는 장사란 이름을 듣는 칠태입니다. 더구나 힘을 모아 내리치는 망치는 볼 동안에 한 치 두 치 정뿌리를 바위에 박습니다. 점점 정은 깊이 들어갑니다. 세 치 네 치 한 자에서 또 두 자 길이로, 그리고 한 옆에는 시뻘겋게 숯불을 달아 놓고는 납덩이를 끓입니다.

마침내 바위에 서너 자 길이의 구멍이 뚫리자 칠태는 매우 만족한 웃음을 한 번 허허허 웃습니다. 그리고

"네놈이, 인제두."

하고, 벌써 두포를 잡기나 한듯 기쁜 얼굴로 이글이글 끓는 납을 그 구멍에 주르르 붓는 것입니다.

그러나 칠태의 그 얼굴은 금세 새파랗게 질리고 말았습니다. 그 끓는 납을 바위 구멍에 붓자마자, 갑자기 천지가 무너지는 굉장한 소리로 바위와 아울러 땅이 요동을 합니다. 그러나 그뿐입니까. 맞은편 산이 그대로 칠태를 향해 덮어 내립니다. 그제야 칠태는 자기가 천벌을 입은 줄을 깨닫고
　"아아, 하느님 제 죄를 용서하십시오."
하고, 비는 것이나 이미 몸은 쏟아져 내리는 돌 밑에 묻히고 말았습니다.

10. 두포의 내력

　마을 사람들은 아무리 두포를 잡을 궁리를 해도 도리가 없습니다. 모두 답답한 얼굴을 하고 만나면 서로
　"자네 어떻게 해 볼 도리 좀 없겠나?"
하고들 묻습니다마는 한 사람도 신통한 대답이 없습니다. 그러다가 한 사람이 무릎을 탁 치며
　"옳다. 이렇게 하면 좋겠네."
하고, 여러 사람을 한곳으로 모이게 하였습니다. 그리고
　"뭐, 별 수 없네. 두포 놈의 늙은 부모를 잡아다 가두도록 하세. 그럼 두포 그놈이 제 애비 어미에게는 효성이 지극한 놈이니까, 우리가 애써 잡으려고 하지 않아도 제 스스로 무릎을 꿇고 기어들 걸세."

그 말이 옳습니다. 가뜩이나 부모에게 효성스런 두포가 자기로 말미암아 연만하신[34] 아버지 어머니가 옥에 갇혀 고생을 하는 것을 알고는 가만히 있지 않을 것은 물론입니다.

마을 사람들은 그 생각이 옳다고 모두들 찬성입니다. 그리고 당장에 일을 치러 버릴 생각으로 앞다퉈 두포네 집을 향해 몰려갑니다.

그러나 두포네 집 근처에 이르러서는 호기 있게 앞서 가던 사람들이 문득 걸음을 멈춥니다. 먼저 두포가 알고 훼방을 하지나 않을까 걱정이 되는 까닭입니다마는 그들은 그 일로 오래 주저하지 않았습니다.

누구 생일 잔치에 청하듯이 노인 내외를 슬며시 불러내도 워낙이 착한 노인들이라 응치 않을 리 없을 것입니다.

마을 사람들은 더욱 신이 나서 두포네 집으로 우쭐거리며 갑니다. 마침내 두포네 집 문전에까지 이르렀습니다.

그런데 그 집 바깥 마당에 어떤 소년 하나가 제기를 차고 있습니다. 그 모습이 너무도 두포와 같아 마을 사람들은 무춤하였습니다[35]. 그러나 얼굴 모습은 두포와 같아도 표정이나 하는 행동은 두포가 아닙니다. 제기를 차다가 말고 자기 둘레로 모여든 마을 사람들의 얼굴을 이 사람 저 사람 쳐다보는 눈은 예사 열다섯이나 그만한 나이의 소년이 겁을 먹은 상입니다. 전일에 보던 그 용맹스럽고 호탕한 기상은 조금도 없고 귀엾게 자란 얌전하고 조심성 있는 글방 도련님으로밖에 보이질 않습니다. 어떻게 이 소년을 그처럼 놀라운 기운과 술법을 부리던 두포라고 하겠습니까.

마을 사람은 하도 이상스러워서 한참 아래위를 훑어보다가 이렇게 물었습니다.

"넌 뉘 집 사는 아인데 여기서 노니?"

"저는 이 집에 사는 아이예요."

"그럼 이름은 뭐냐?"

"이름은 두포라고 합니다."

"뭐, 두포?"

하고, 마을 사람들은 놀라 한 걸음 뒤로 물러났습니다. 두포라는 그 이름보다는 어쩌면 두포가 이처럼 변했을까 싶어 한층 더 놀랍니다. 딴 사람이 아니고, 이 소년이 바로 두포일진댄 그의 늙은 부모를 갖다 가둘 건 뭐 있고, 두려워할 건 뭐 있겠습니까. 그대로 손목을 이끌어 간데도 순순히 따라올성싶습니다.

도대체 이 착하고 약해 보이는 소년이 무슨 죄 같은 것을 범했을까도 싶습니다. 그리고 어른된 체면에 이 어린 소년에게 손을 대는 것부터 어색한 생각이 나서 마을 사람들은 서로 벙벙이 얼굴만 바라보고 섰습니다. 그러다가 그중에 두포를 잡아 상을 탈 욕심으로 한 자가 앞으로 나서며 이렇게 딱 얼렀습니다.

"네놈이 바로 두포라지?"

"네. 제가 바로 두포올시다."

"그럼 이놈, 네 죄를 모를까?"

"제가 무슨 죄를 졌다고 그러십니까?"

"네 죄를 몰라. 모르면 그걸 가르쳐 줄 테니 이걸 받아라."

하고, 그 사람은 굵은 밧줄을 꺼내 들며 막 얽으려 덤비었습니다.

이러할 때, 건너편 큰길에서 앞에 많은 나졸을 거느린 수레가 이곳을 향하고 옵니다. 나라 조정에서 내려와 읍에 머무르고 있던 일행임이 분명합니다. 아마 두포를 잡으러 오는 것이겠지요. 마을 사람들은 두포를 남기고는 양편으로 쩍 갈라섰습니다.

수레가 그 집 어귀에 이르자 멈추고는 그 안에서 호화로운 예복을 차린 벼슬하는 사람이 내려와 두포가 있는 앞으로 옵니다. 그러더니 신하가 임금에게 하는 법식으로 공손히 절을 합니다. 그리고 어리둥절하는 두포를 부축여 뒤에 또 한 채 있는 빈 수레에 오르기를 권합니다.

죄인으로 다스리기는사려[36] 임금이나 그런 사람으로 모십니다. 마을 사람들은 너무도 뜻밖의 일에 놀라 버린 입을 다물지 못합니다.

그러나 더욱 놀라기는 그 집 노인 양주입니다. 어찌된 영문인지도 모르면서 그저 지금까지 친아들로 여기고 살던 두포를 잃는 줄로 얼굴에 울음을 지으며 벼슬하는 사람의 옷깃에 매달려 두포를 자기네 곁에 그대로 두기를 애원합니다.

그러자 언제 왔는지, 긴 지팡이를 짚은 노승, 십오 년 전에 그들 노인 양주를 찾아와 두포를 맡기고 가던 그 노승이 나타나 그들을 반가이 맞았습니다.

"의지 없는 갓난아기를 오늘날 이만큼 장성하시게 한 건 오로지 그대들의 공로요."

하고, 노승은 치사하는 인사를 하고는

"그대에게 십오 년 전에 맡기고 간 아기는 바로 이 나라 태자이셨던 거요. 이제야 역신을 물리치고 국토가 바로 잡혀서 다시 등극하시게 되었으니, 그대들은 기뻐할지언정 아예 섭섭해하지는 마시오."

하고, 그대로 두포와 떨어지기를 섭섭해하는 노인 양주를 위로하였습니다.

그렇습니다. 지금으로부터 십오 년 전 당시 나라 임금께서 믿고 사랑하시던 신하 한 사람이 배심을 품고 난을 일으켜 나라 대궐에까지 쳐들어왔습니다. 그런 위태로운 중에서 그때 정승 벼슬로 있던 지금 노승이 어린 태자를 품에 안고 겨우 난을 벗어나 노승의 차림으로 팔도를 돌며 태자를 맡아 기를 만한 사람을 물색했던 것입니다. 그러다가 강원도 산골에 극히 가난하고 착하게 사는 노인 양주를 매우 믿음직하게 여기어 아기를 맡겼습니다. 그리고 자기는 멀지 않은 산속에 머물러 있어 난이 가라앉기를 기다리는 한편, 태자로 하여금 일후

영주가 되시기에 합당한 모든 것을 가르쳤던 것입니다. 그러다가 오늘날 역신을 물리치고 나라가 바로 잡혀 비로소 태자는 임금으로 등극하시게 되기는 하였으나, 그러나 노승은 매우 섭섭한 얼굴을 합니다.

그것은 한 달포 동안만 더 도를 닦았더라면 태자로 하여금 하늘 아래에 제일 으뜸가는 군주가 되시게 되는 것을 그만 칠태로 말미암아 십 년의 공이 수포로 돌아가고 말았으니 왜 아니 그렇겠습니까.

만약에 칠태가 그 바위에 납을 끓여 붓지만 않았더라면 두 포는 어깨에 날개가 돋친 장수로 온갖 도술을 부릴 수 있겠으니, 그런 임금이 다스리는 나라의 장래가 어떠할 것은 길게 말할 필요도 없습니다.

그러나 좋습니다. 태자는 그런 놀라운 기운과 술법을 잃어버린 대신으로 끝없이 착한 마음과 덕기를 갖출 수 있어 이만해도 성군이 되기에 넉넉합니다.

다만 죄송스럽기는 마을 사람들입니다. 그런 것을 모르고 칠태의 꼬임에 빠져 외람하게도 태자를 해코자 하였으니, 그 죄가 얼마입니까. 백번 죽어도 모자라겠습니다,고 모두들 엎드려 울면서 빌었습니다.

그러나 너그러우신 태자는 노엽게 알기는사려 모든 것을 용서하시고 또 그 마을에는 십 년 동안 나라에 바치던 세금을 면제해 주시고, 수레는 떠났습니다.

그 후 노인 두 양주는 태자가 물리고 간 그 집과 재산을 지키며 오래 부귀와 수를 누렸습니다.

지금도 강원도에는 그 바위가 그대로 남아 있어, 일러 장수 바위라고 합니다.

제2부

땡볕
금 따는 콩밭
노다지
만무방

땡볕

 우람스레 생긴 덕순이는 오른팔로 왼편 소맷자락을 끌었다. 콧등의 땀방울을 훑고는 통안 네거리에 와 다리를 딱 멈추었다. 더위에 익어 얼굴은 벌건히 사방을 둘러본다. 중복 허리의 뜨거운 땡볕이라 길 가는 사람은 저편 처마 끝으로만 배앵뱅 돌고 있다. 지면은 번들번들 닳아 자동차가 지날 적마다 숨이 탁 막힐 만치 무더운 먼지를 풍겨 놓는 것이다.

 덕순이는 아무리 찾아보아도 자기가 길을 물어 좋을 만치 그렇게 여유 있는 얼굴이 보이지 않음을 알자, 소맷자락으로 또 한 번 땀을 훑어 본다. 그리고 거북한 표정으로 벙벙히 섰다. 때마침 옆으로 지나는 어린 깍쟁이에게 공손히 손짓을 한다.

 "얘! 대학 병원을 어디루 가니?"

"이리루 곧장 가세요."

덕순이는 어린 깍쟁이가 턱으로 가르킨 대로 그 길을 북으로 접어들며 다시 내걷기 시작한다. 내딛는 한 발짝마다 무거운 지게는 어깨에 배기고 등줄기에서 쏟아져 내리는 진땀에 엉덩이는 쓰라릴 만치 물렀다. 속 타는 불김을 입으로 불어가며 허덕지덕 올라오다 엄지손가락으로 코를 힝 풀어 그 옆 전봇대 허리에 쓱 문댈 때에는 그는 어지간히 가슴이 답답하였다. 당장 지게를 벗어던지고 푸른 그늘에 가 나자빠지고 싶은 생각이 굴뚝 같으련만 그걸 못하니 짜증이 안 날 수 없다. 골피를 찌푸려 되퉁스레

"빌어먹을 거! 왜 이리 무거!"

하고 내뱉으려 하였으나, 그러나 지게 위에서 무색해질 아내를 생각하고 꾹 참아 버린다. 제 속으로만 끙끙거리다 겨우

"에이, 더웁다!"

하고 자탄이 나올 적에는 더는 갈 수가 없었다.

덕순이는 길가 버들 밑에다 지게를 벗어 놓고는 두 손으로 적삼 섶을 흔들어 땀을 들인다. 바람기 한 점 없는 거리는 그대로 타 붙었고 그 위의 모래만 이글이글 달아 간다. 하늘을 쳐다보았으나 좀체로 비 맛은 못 볼 듯싶어 바상바상한[1] 입맛을 다시고 섰을 때 별안간 땡땡 소리와 함께 발등에 물을 뿌리고 물차가 지나가니 그는 비로소 산 듯이 정신기가 반짝 난다. 적삼 호주머니에 손을 넣어 곰방대를 꺼내 물고 담배 한

대 붙이려 하였으나 홀쭉한 쌈지에는 어제부터 담배 한 알 없었던 것을 다시 깨닫고 역정스레 도로 집어넣는다.

"꽁무니가 배기지 않어?"

덕순이는 이렇게 아내를 돌아보다

"괜찮어요!"

하고 거진 죽어 가는 상으로 글썽글썽 눈물이 고인 아내가 딱하였다. 두 달 동안이나 햇빛 못 본 얼굴은 누렇게 시들었고, 병약한 몸으로 지게 위에 앉아 까닥이는 양이 금세라도 꺼질 듯싶은 그 아내였다.

덕순이는 아내를 이윽히 노려보다

"아 울긴 왜 우는 거야?"

하고 눈을 부라렸으나

"병원에 가면 째대겠지요."

"째긴 아무거나 덮어놓고 째나? 연구한다니까!"

하고 되도록 아내를 안심시킨다. 그러나 덕순이 생각에는 째든 말든 그건 차치해 놓고 우선 먹고야 산다, 고

"왜 기영이 할아버지의 말씀 못 들었어?"

"병원서 월급을 주구 고쳐 준다는 게 정말인가요?"

"그럼 노인이 설마 거짓말을 할라구, 그래. 시방두 대학 병원의 이등 박산가 뭐가 열네 살 된 조선 아이가 어른보다도 더 부대한²걸 보구 하두 이상한 병이라구 붙잡아 들여서 한 달에 십 원씩 월급을 주고 그뿐인가 먹이구 입히구 이래가며

지금 연구하구 있대지 않어?"

"그럼 나두 허구한 날 늘 병원에만 있게 되겠구려?"

"인제 가 봐야 알지 어떻게 되는지."

이렇게 시원스레 받기는 받았으나 덕순이 자신 역시 기영 할아버지의 말을 꽉 믿어서 좋을지가 의문이었다. 시골서 올라온 지 얼마 안 되는 그로서는 서울 일이라 혹 알 수 없을 듯싶어 무료 진찰권을 내온 데 더 되지 않았다. 그렇다 하더라도 병이 괴상하면 할수록 혹은 고치기가 어려우면 어려울수록 월급이 많다는 것인데 영문 모를 아내의 이 병은 얼마짜리나 되겠는가, 하고 속으로 무척 궁금하였다. 아이가 십 원이라니 이건 한 십오 원쯤 주겠는가, 그렇다면 병 고치니 좋고, 먹으니 좋고. 두루두루 팔자를 고치리라고 속 안으로 육조배판[3]을 늘이고 섰을 때

"여보십쇼! 이 참외 하나 잡수어 보십소."

하고 저만치에서 참외를 벌려 놓고 앉았는 아이가 시선을 끌어간다. 길쯤길쯤하고 싱싱한 놈들이 과연 뜨거운 복중에 하나 벗겨 들고 으썩 깨물어 봄직한 참외였다. 덕순이는 참외를 이놈 저놈 멀거니 물색하여 보다 쌈지에 든 잔돈 사 전을 얼른 생각은 하였으나 다음 순간에 그건 안 될 말이라고 꺽진[4] 마음으로 시선을 걷어 온다. 사 전에 일 전만 더 보태면 희연 한 봉이 되리라고 어제부터 잔뜩 꼽여 쥐고 오던 그 사 전, 이걸 참외 값으로 녹여서는 사람이 아니다.

"지게를 꼭 붙들어!"

덕순이는 지게를 지고 다시 일어나며 그 십오 원을 생각했던 것이니 그로서는 너무도 벅찬 희망의 보행이었다.

덕순이는 간호부가 지도하여 주는 대로 산부인과 문밖에서 제 차례가 돌아오기를 기다리고 있었다.

아내는 남편이 업어다 놓은 대로 걸상에 가 번듯이 늘어져서 괴로운 숨을 견디지 못한다. 요량 없이 부어오른 아랫배를 한 손으로 치마 채 걷어안고는 매 호흡마다 간당거리는 야윈 고개로 가쁜 숨을 고르고 있는 것이다. 게다가 수술실에서 들것으로 담아내는 환자와, 피고름이 엉긴 쓰레기통을 보는 것은 그로 하여금 해쓱한 얼굴로 이를 떨도록 하기에는 너무도 충분한 풍경이었다.

"너무 그렇게 겁내지 말아. 그래두 다 죽을 사람이 병원엘 와야 살아 나가는 거야!"

덕순이는 아내를 위안하기 위해 이런 소리도 하는 것이나 기실 아내 못지않게 저도 조바심이 적지 않았다. 아내의 병이 무슨 병일까, 짜장 기이한 병이라서 월급을 타 먹고 있게 될 것인가. 또는 아내의 병을 씻은 듯이 고쳐 줄 수가 있겠는가. 겸삼수삼[4] 모두가 궁겁다.[5]

이 생각 저 생각으로 덕순이는 아내의 상체를 떠받쳐 주고 있다가 우연히도 맞은편 타구 옆땡이[6]에가 떨어져 있는 궐련 꽁댕이에 한눈이 팔린다. 그는 사방을 잠깐 살펴보고 횡허케 가서 집어다 곰방대에 피워 물며 제 차례를 기다렸으나 좀체로 불러 주질 않는 것이다.

이렇게 하여 그들은 허무히도 두 시간을 보냈다.

한 점을 사십 분가량 지났을 때 간호사가 다시 나와 덕순이 아내의 성명을 외치는 것이다.

"네! 여깄습니다!"

덕순이는 허둥지둥 아내를 떨쳐 업고 진찰실로 들어갔다.

간호사 둘이 달려들어 우선 옷을 벗기고 주무를 제 아내는 놀란 토끼같이 조그맣게 떨고 있었다. 코를 찌르는 무더운 약 내에 소름이 끼치기도 하려니와 한쪽에 번쩍번쩍 늘어놓인 기계가 더욱이 마음을 죄게 하는 것이다. 아내가 너무 병신스레 떨므로 옆에 섰는 덕순이까지도 겸연쩍지 않을 수 없었다. 아내의 한 팔을 꼭 붙들어 주고, 집에서 꾸짖듯이 눈을 부릅뜨며

"뭐가 무섭다구 이래?"

하고는 유리판에서 기계 부딪는 절그럭 소리에 등줄기가 다 섬찍할 제

"언제부터 배가 이래요?"

간호사가 뚱뚱한 의사의 말을 통변한다.

"자세히는 몰라두!"

덕순이는 이렇게 머리를 긁고는 아마 이토록 부르기는 지난 겨울부턴가 봐요. 처음에는 이게 애가 아닌가 했던 것이

그렇지두 않구요, 애라면 열 달에 날 텐데

"열석 달이나 가는 게 어딨습니까?"

하고는 아차 애니 뭐니 하는 건 괜히 지껄였군, 하였다. 그래 의사가 뭐라고 또 입을 열 수 있기 전에 얼른 대미처[8]

"아무도 이 병이 무슨 병인지 모른다구 그래요. 난생처음 본다구요."

하고 몇 마디 더 엎었다.

덕순이는 자기네들의 팔자를 고칠 수 있고 없고가 이 순간에 달렸음을 또 한 번 깨닫고 열심히 의사의 입만 쳐다보고 있는 것이다. 마는 금테 안경 쓴 의사는 그리 쉽사리 입을 열지 않았다. 몇 번을 거듭 주물러 보고, 두드려 보고, 들어 보고, 이러기를 얼마 한 다음 시덥지 않게 저쪽으로 가 대야에 손을 씻어 가며 간호사를 통하여 하는 말이

"이 뱃속에 어린애가 있는데요, 나오려다 소문[9]이 적어서 그대로 죽었어요. 이걸 그냥 둔다면 앞으로 일주일을 못 갈 것이니 불가불 수술은 해야 하겠으나 또 그 결과가 반드시 좋다고 단언할 수도 없는 것이매 배를 가르고 아이를 꺼내다 만일 사불여의[10]하여 불행을 본다 하더라도 전혀 관계없다는 승낙만 있으면 내일이라도 곧 수술을 하겠어요."

하고 나이 어린 간호부는 조금도 거리낌 없는 어조로 줄줄 쏟아 놓다가

"어떻게 하실 테야요?"

"글쎄요!"

덕순이는 이렇게 얼떨떨한 낯으로 다시 한 번 뒤통수를 긁지 않을 수 없었다. 간호부의 말이 무슨 소린지 다는 모른다 하더라도 속대중으로 저쯤은 알아채었던 것이니 아내의 생명이 위험하다는 그 말이 두렵기도 하려니와 겨우 아이를 뱄다는 것쯤, 연구거리는 못 되는 병인 양 싶어 우선 낙심하고 마는 것이다. 하나 이왕 버린 노릇이매

"그럼 먹을 것이 없는데요."

"그건 여기서 입원시키고 먹일 것이니까 염려 마세요—"

"그런데요 저—"

하고 덕순이는 열적은 낯을 무얼로 가릴지 몰라 주볏주볏

"월급 같은 건 안 주나요?"

"무슨 월급이요?"

"왜 여기서 병을 고치면 월급을 주는 수두 있다지요."

"제 병 고쳐 주는데 무슨 월급을 준단 말이요?"

하고 맨망스리[11]도 툭 쏘는 바람에 덕순이는 얼굴이 그만 벌게지고 말았다. 팔자를 고치려던 그 계획이 완전히 어그러졌음을 알자, 그의 주린 창자는 다시금 척 꺾이며 두꺼운 손으로 이마의 진땀이나 훑어 보는 밖에 별도리가 없는 것이다. 하나 아내의 생명은 어차피 건져야 하겠기에 공손히 허리를 굽실하며

"그럼 낼 데리고 올게 어떻게 해 주십시오."

땡볕 101

하고 되도록 빌붙어 보았던 것이, 그때까지 끔찍끔찍한 소리에 얼이 빠져서 멀뚱히 누웠던 아내가 별안간 기겁을 하여 일어나 살뚱맞은[12] 목성으로

"나는 죽으면 죽었지 배는 안 째요!"

하고 얼굴이 노랗게 되는 데는 더 할 말이 없었다. 죽이더라도 제 원대로나 죽게 하는 것이 혹은 남편 된 사람의 도리일지도 모른다. 아내의 꼴에 하도 어이가 없어

"죽는 것보담 수술을 하는 게 좀 낫겠지요!"

비소[13]를 금치 못하고 섰는 간호사와 의사가 눈에 보이지 않도록, 덕순이는 시선을 외면하여 뚱싯뚱싯 아내를 업고 나왔다. 지게 위에 올려놓은 다음 엎드려 다시 지고 일어나려니 이게 웬일일까 아까 오던 때와는 갑절이나 무거웠다. 덕순이는 얼마 전에 희망이 가득이 차올라 가던 길을 힘 풀린 걸음으로 터덜터덜 내려오고 있었다. 보이지는 않아도 지게 위에서 소리를 죽여 훌쩍훌쩍 울고 있는 아내가 눈앞에 환한 것이다. 학식이 많은 의사는 일자무식인 덕순이 내외보다는 더 많이 알 것이니 생명이 한 이레를 못 가리라던 그 말을 어째 볼 도리가 없다. 이제 남은 것은 우중충한 그 냉골에 갖다 다시 눕혀 놓고 죽을 때나 기다리고 있을 따름이었다.

덕순이는 눈 위로 덮는 땀방울을 주먹으로 훔쳐 가며 장차 캄캄해 올 그 전도를 생각해 본다. 서울을 장대고[14] 왔던 것이 벌이도 제대로 안 되고 게다가 이제 아내까지 잃는 것이다.

지에미 붙을! 이놈의 팔자가, 하고 딱한 탄식이 목을 넘어오다 꽉 깨무는 바람에 한숨으로 터져 버린다.

한나절이 되자 더위는 더한층 무서워진다.

덕순이는 통째 짓무를 듯싶은 등어리를 견디지 못하여 먼젓번에 쉬어 가던 나무 그늘에 지게를 벗어 놓는다. 땀을 들여 가며 아내를 가만히 내려 보니 그동안 고생만 시키고 변변히 먹이지도 못하였던 것이 갑자기 후회가 나는 것이다. 이럴 줄 알았다면 동네 집닭이라도 훔쳐다 먹일걸, 싶어

"울지 말아, 그것들이 뭘 아나? 제까짓 게—"

하고 소리를 빽 지르고는

"참외 하나 먹어 볼 테야?"

"참외 싫어요—"

아내는 더위에 속이 탔음인지 행길 건너 저쪽 그늘에서 팔고 있는 얼음냉수를 손으로 가리킨다. 남편이 한 푼 더 보태어 담배를 살려던 그 돈으로 얼음냉수를 한 그릇 사다가 입에 먹여까지 주니 아내도 황송하여 한숨에 들이킨다. 한 그릇을 다 먹고 나서 하나 더 사다 주랴 물었을 때 이번에는 왜떡[15]이 먹고 싶다 하였다. 덕순이는 이것이 마지막이라는 생각으로 나머지 돈으로 왜떡 세 개를 사다 주고는 그래도 눈물도 씻을 줄 모르고 그걸 오직오직 깨물고 있는 아내를 이윽히 바라보

고 있었다. 그러다 아내가 무슨 생각을 하였는지 왜떡을 입에 문 채 훌쩍훌쩍 울며

"저 사촌 형님께 쌀 두 되 꿔다 먹은 거 부디 잊지 말구 갚우."

하고 부탁할 제 이것이 필연 아내의 유언이라고 깨닫고는

"그래 그건 염려 말아!"

"그러구 임자 옷은 영근 어머니더러 사정 얘길 하구 좀 빨아 달래우."

하고 이야기를 곧잘 하다가 다시 입을 이그리고 훌쩍훌쩍 우는 것이다.

덕순이는 그 유언이 너무 처량하여 눈에 눈물이 핑 돌아 가지고는 지게를 도로 지고 일어선다. 얼른 갖다 눕히고 죽이라도 한 그릇 더 얻어다 먹이는 것이 남편의 도릴 게다.

때는 중복 허리의 쇠뿔도 녹이려는 뜨거운 땡볕이었다.

덕순이는 빗발같이 내려붓는 얼굴의 땀을 두 손으로 번갈아 훔쳐 가며 끙끙 내려올 제, 아내는 지게 위에서 그칠 줄 모르는 그 수많은 유언을 차근차근 남기자, 울자, 하는 것이다.

금 따는 콩밭

 땅속 저 밑은 늘 음침하다.
 고달픈 간드렛불[1]. 맥없이 푸리끼하다[2]. 밤과 달라서 낮엔 되우 흐릿하였다.
 겉으로 황토 장벽으로 앞뒤 좌우가 꽉 막힌 좁직한 구덩이. 흡사히 무덤 속같이 귀중중하다. 싸늘한 침묵, 쿠더분한 흙내와 징그러운 냉기만이 그 속에 자욱하다.
 곡괭이는 뻔질 흙을 이르집는다. 암팡스러이 내려 쪼며
 퍽 퍽 퍽—
 이렇게 메떨어진[3] 소리뿐. 그러나 간간 우수수하고 벽이 헐린다.
 영식이는 일손을 놓고 소맷자락을 끌어당기어 얼굴의 땀을 훑는다. 이놈의 줄이 언제나 잡힐런지 기가 찼다. 흙 한 줌을 집어 코밑에 바짝 들이대고 손가락으로 샅샅이 뒤져 본다. 완연히 버력[4]은 좀 변한 듯싶다. 그러나 불통 버력[5]이 아주 다 풀린 것도 아니었다. 말똥 버력[6]이라야 금이 나온다는데 왜 이리 안 나오는지.

곡괭이를 다시 집어 든다. 땅에 무릎을 꿇고 궁덩이를 번쩍 든 채 식식거린다. 곡괭이는 무작정 내려찍는다.

바닥에서 물이 스며 무르팍이 흥건히 젖었다. 굿엎은[7] 천장에서 흙방울은 내리며 목덜미로 굴러든다. 어떤 때에는 윗벽의 한쪽이 떨어지며 등을 탕 때리고 부서진다.

그러나 그는 눈도 하나 깜짝하지 않는다. 금을 캔다고 콩밭 하나를 다 잡쳤다. 약이 올라서 죽을 둥 살 둥, 눈이 뒤집힌 이 판이다. 손바닥에 침을 탁 뱉고 곡괭이 자루를 한번 고쳐 잡더니 쉴 줄 모른다.

등 뒤에서는 흙 긁는 소리가 드윽드윽 난다. 아직도 버력을 다 못 친 모양. 이 자식이 일을 하나 시졸 하나[8]. 남은 속이 바직 타는데 웬 뱃심이 이리도 좋아.

영식이는 살기 띤 시선으로 고개를 돌렸다. 암말 없이 수재를 노려본다. 그제야 꾸물꾸물 바지게[9]에 흙을 담고 등에 메고 사다리를 올라간다.

굿이 풀리는지 벽이 움찔하였다. 흙이 부서져 내린다. 전날이라면 이곳에서 아내 한번 못 보고 생죽음이나 안 할까 털끝까지 쭈뼛할 게다. 그러나 이제는 그렇게 되고도 싶다. 수

재란 놈하고 흙더미에 묻혀 한꺼번에 죽는다면 그게 오히려 날 게다.

이렇게까지 몹시 몹시 미웠다.

이놈 풍치는[10] 바람에 애꿎은 콩밭 하나만 결딴을 냈다. 뿐만 아니라 모두가 낭패다. 세벌논도 못 맸다. 논둑의 풀은 성큼 자란 채 어지러이 널려 있다. 이 기미를 알고 지주는 대로[11] 하였다. 내년부터는 농사질 생각 말라고 발을 굴렀다. 땅은 암만을 파도 지수[12]가 없다. 이만해도 다섯 길은 훨썩 넘었으리라. 좀 더 깊어야 옳을지 혹은 북으로 밀어야 옳을지, 우두커니 망설거린다. 금점 일에는 풋내기다. 이때껏 수재의 지휘를 받아 일을 해 왔고, 앞으로도 역시 그렇게 해야 금을 딸 것이다. 그러나 그런 칙칙한 짓은 안 한다.

"이리 와, 이것 좀 파게."

그는 어쓴[13] 위풍을 보이며 이렇게 분부하였다. 그리고 저는 일어나 손을 털며 뒤로 물러선다.

수재는 군말 없이 고분하였다. 시키는 대로 땅에 무릎을 꿇고 벽채로 군버력을 긁어낸 다음 다시 파기 시작한다.

영식이는 치다 나머지 버력을 짊어진다. 커다란 걸때[14]를 뒤뚝거리며 사다리로 기어오른다. 굿문을 나와 버력 더미에 흙을 막 내치려 할 제

"왜 또 파, 이것들이 미쳤나 그래—"

산에서 내려오는 마름과 맞닥뜨렸다. 정신이 떠름하여 그

대로 벙벙히 섰다. 오늘은 또 무슨 포악을 들으려는가.

"말라니깐, 왜 또 파는 게야."

하고 영식이의 바지게 뒤를 지팡이로 꽉 찌르더니

"갈아먹으라는 밭이지, 흙 쓰고 들어가라는 거야, 이 미친 것들아! 콩밭에서 웬 금이 나온다구 이 지랄들이야 그래."

하고 목에 핏대를 올린다. 밭을 버리면 간수 잘못한 자기 탓이다. 날마다 와서 그 북새를 피고 금하여도 다음 날 보면 또 여전히 파는 것이다.

"오늘로 이 구덩이를 도로 묻어 놔야지 낼로 당장 징역 갈 줄 알게."

너머 감정에 격하여 말도 잘 안 나오고 떠듬떠듬거린다. 주먹은 곧 날아들 듯이 허구리[15]께서 불불 떤다.

"오늘만 좀 해 보고 그만두겠어유."

영식이는 낯이 붉어지며 가까스로 한마디 하였다. 그리고 무턱대고 빌었다.

마름은 들은 척도 안 하고 가 버린다.

그 뒷모습을 영식이는 멀거니 배웅하였다. 그러다 콩밭 낯짝을 들여다보니 무던히 애통 터진다. 멀정한 밭에가 구멍이 사면 풍풍 뚫렸다.

예제없이 버력은 무더기무더기 쌓였다. 마치 사태 만난 공동묘지와도 같이 귀살쩍고[16] 되우 을씨년스럽다. 그다지 잘되었던 콩 포기는 거반 버력 더미에 다 깔려 버리고 군데군데 어쩌다 남은 놈들만이 고개를 나풀거린다. 그 꼴을 보는 것은 자식 죽는 걸 보는 게 낫지 차마 못할 경상[17]이었다.

농토는 모조리 떨어질 것이다. 그러나 대관절 올 밭도지[18] 벼 두 섬 반은 뭘로 해내야 좋을지. 게다 밭을 망쳤으니 자칫하면 징역을 갈지도 모른다.

영식이가 구덩이 안으로 들어왔을 때 동무는 땅에 주저앉아 쉬고 있었다. 태연무심히 담배만 뻑뻑 피우는 것이다.

"언제나 줄을 잡는 거야."

"인제 차차 나오겠지."

"인제 나온다."

하고 코웃음을 치고 엇먹더니[19] 조금 지나매

"이 새끼!"

흙덩이를 집어 들고 골통을 내려친다.

수재는 어쿠 하고 그대로 폭 엎드린다. 그러다 뻘떡 일어선다. 눈에 띄는 대로 곡괭이를 잡자 대뜸 달려들었다. 그러나 강약이 부동. 왈살스러운 팔뚝에 퉁겨져 벽에 가서 쿵 하고 떨어졌다. 그 순간에 제가 빼앗긴 곡괭이가 정수리를 겨누고 날아드는 걸 보았다. 고개를 획 돌린다. 곡괭이는 흙벽을 퍽 찍고 다시 나간다.

수재 이름만 들어도 영식이는 이가 갈렸다. 분명히 홀딱 속은 것이다.

영식이는 본디 금점에 이력이 없었다. 그리고 흥미도 없었다. 다만 밭고랑에 웅크리고 앉아서 땀을 흘려 가며 꾸벅꾸벅 일만 하였다. 올해는 콩도 뜻밖에 잘 열리고 맘이 좀 놓였다.

하루는 홀로 김을 매고 있노라니까

"여보게, 덥지 않은가. 좀 쉬었다 하게."

고개를 들어 보니 수재다. 농사는 안 짓고 금점으로만 돌아다니더니 무슨 바람에 또 왔는지 싱글벙글한다. 좋은 수나 걸렸나 하고

"돈 좀 많이 벌었나. 나 좀 쫴 주게.[20]"

"벌구말구, 맘껏 먹고 맘껏 쓰고 했네."

술에 거나한 얼굴로 신껏[21] 주적거린다. 그리고 밭머리에 쭈그리고 앉아 한참 객설을 부리드니

"자네 돈벌이 좀 안 하려나. 이 밭에 금이 묻혔네 금이……."

"뭐?"

하니까 바로 이 산 넘어 큰 골에 광산이 있다. 광부를 삼백여 명이나 부리는 노다지판인데 매일 소출되는 금이 칠십 냥을 넘는다. 돈으로 치면 칠천 원. 그 줄맥이 큰 산허리를 뚫고 이 콩밭으로 뻗어 나왔다는 것이다. 둘이서 파면 불과 열흘 안에 줄을 잡을 게고, 적어도 하루 서 돈씩은 따리라. 우선 삼십 원만 해도 얼마냐. 소를 산대도 반 필이 아니냐고.

그러나 영식이는 귀담아듣지 않았다. 금점이란 칼 물고 뜀

뛰기다. 잘되면 이거니와 못되면 신세만 조판다.[22] 이렇게 전일부터 들은 소리가 있어서였다.

그담 날도 와서 꾀송거리다[23] 갔다.

셋째 번에는 집으로 찾아왔는데 막걸리 한 병을 손에 떡 들고 영을 피운다. 몸이 달아서 또 온 것이었다. 봉당에 걸터앉아서 저녁상을 물끄러미 바라보더니 조당수[24]는 몸을 훑인다는 둥 일꾼은 든든히 먹어야 한다는 둥 남들은 논을 사느니 밭을 사느니 떠드는데 요렇게 지내다 그만둘 테냐는 둥 일쩝게[25] 지절거린다.

"아주머니, 이것 좀 먹게 해 주시게유."

그리고 비로소 영식이 아내에게 술병을 내놓는다. 그들은 밥상을 끼고 앉아서 즐겁게 술을 마셨다. 몇 잔이 들어가고 보니 영식이의 생각도 적이 돌아섰다. 따는 일 년 고생하고 꾁 콩 몇 섬 얻어먹느니보다는 금을 캐는 것이 슬기로운 짓이다. 하루에 잘만 캔다면 한 해 줄곧 공들인 그 수확보다 훨씬 이익이다. 올봄 보낼 제 비료값, 품삯, 빚에 빚진 칠 원 까닭에 나날이 졸리는 이 판이다. 이렇게 지지하게[26] 살고 말 바에는 차라리 가로지나 세로지나 사내자식이 한번 해 볼 것이다.

"낼부터 우리 파 보세. 돈만 있으면이야, 그까진 콩은."

수재가 안달스리 재우쳐[27] 보챌 제 선뜻 응낙하였다.

"그래 보세. 빌어먹을 거 안 됨 고만이지."

그러나 꽁무니에서 죽을 마시고 있든 아내가 허구리를 쿡

쿡 찔렀게 망정이지 그렇지 않았으면 좀 주저할 뻔도 하였다.

아내는 아내대로의 셈이 빨랐다.

시체[28]는 금점이 판을 잡았다. 섣부르게 농사만 짓고 있다간 결국 비렁뱅이밖에는 더 못 된다. 얼마 안 있으면 산이고 논이고 밭이고 할 것 없이 다 금장이 손에 구멍이 뚫리고 뒤집히고 뒤죽박죽이 될 것이다. 그때는 뭘 파 먹고사나. 자, 보아라. 머슴들은 짜위나 한 듯이 일하다 말고 후딱하면 금점으로들 내빼지 않는가. 일꾼이 없어서 올해는 농사를 질 수 없느니 마느니 하고 동리에서는 떠들썩하다. 그리고 번동 포농이조차 호미를 내던지고 강변으로 개울로 사금을 캐러 달아난다. 그러다 며칠 뒤에는 다비신[29]에다 옥당목[30]을 떨치고 희짜[31]를 뽑는 것이 아닌가.

아내는 콩밭에서 금이 날 줄은 아주 꿈밖이었다. 놀라고도 기뻤다. 올에는 노냥 침만 삼키던 그놈 코다리(명태)를 짜장 먹어 보겠구나만 하여도 속이 메어질 듯이 짜릿하였다. 뒷집 양근댁은 금점 덕택에 남편이 사다 준 흰 고무신을 신고 나릿나릿 걷는 것이 무척 부러웠다. 저도 얼른 금이나 펑펑 쏟아지면 흰 고무신도 신고 얼굴에 분도 바르고 하리라.

"그렇게 해 보지 뭐. 저 양반 하잔 대로만 하면 어련히 잘 될라구—"

얼뚤하게 앉았는 남편을 이렇게 추겼던 것이다.

동이 트기 무섭게 콩밭으로 모였다.

수재는 진언[32]이나 하는 듯이 이리 대고 중얼거리고 저리 대고 중얼거리고 하였다. 그리고 덤벙거리며 이리 왔다가 저리 갔다가 하였다. 제 딴은 땅속에 누운 줄맥을 어림하여 보는 맥이었다.

한참을 밭을 헤매다가 산 쪽으로 붙은 한구석에 딱 서며 손가락을 펴 들고 설명한다. 큰 줄이란 본시 산운산을 끼고 도는 법이다. 이 줄이 노다지임에는 필시 이켠으로 비스듬히 누웠으리라. 그러니 여기서부터 파들어 가자는 것이었다.

영식이는 그 말이 무슨 소린지 새기지는 못했다. 마는 금점에는 난다는 수재이니 그 말대로 하기만 하면 영락없이 금퇴[33]야 나겠지 하고 그것만 꼭 믿었다. 군말 없이 지시해 받은 곳에다 삽을 푹 꽂고 파헤치기 시작하였다.

금도 금이면 애써 키워 온 콩도 콩이었다. 거진 다 자란 허울 멀쑥한 놈들이 삽 끝에 으스러지고 흙에 묻히고 하는 것이다. 그걸 보는 것이 썩 속이 아팠다. 애틋한 생각이 물밀 때 가끔 삽을 놓고 허리를 구부려서 콩잎의 흙을 털어 주기도 하였다.

"아, 이 사람아. 맥적게[34] 그건 봐 뭘 해, 금을 캐자니깐."

"아니야, 허리가 좀 아파서—"

핀잔을 얻어먹고는 좀 열적었다. 하기는 금만 잘 터져 나오면 이까짓 콩밭쯤이야. 이 밭을 풀어 논도 만들 수 있을 것

금 따는 콩밭

이다. 눈을 감아 버리고 삽의 흙을 아무렇게나 콩잎 위로 휙 휙 내던진다.

"국으루 땅이나 파 먹지 이게 무슨 지랄들이야!"
동리 노인은 뻔질 찾아와서 귀 거친 소리를 하고 하였다.
밭에 구멍을 셋이나 뚫었다. 그리고 대구 뚫는 길이었다. 금인가 난장을 맞을 건가 그것 때문에 농군은 버렸다. 이게 필연코 세상이 망하려는 징조이리라. 그 소중한 밭에다 구멍을 뚫고 이 지랄이니 그놈이 온전할 겐가.
노인은 제물화에[35] 지팡이를 들어 삿대질을 아니할 수 없었다.
"벼락 맞으니, 벼락 맞어—"
"염려 말아유. 누가 알래지유."
영식이는 그럴 적마다 되퉁스레 쏘았다. 골김에 흙을 되는 대로 내꾼지고는[36] 침을 탁 뱉고 구덩이로 들어간다. 그러나 마음 한구석에는 언제나 끈—하였다. 줄을 찾는다고 콩밭을 통이 뒤집어 놓았다. 그리고 줄이 언제나 나올지 아직 까맣다. 논도 못 매고 물도 못 보고 벼가 어이 되었는지 그것조차 모른다. 밤에는 잠이 안 와 멀뚱하니 애를 태웠다.
수재는 낙담하는 기색도 없이 늘 하냥[37]이었다. 땅에 웅숭그리고 시적시적 노량[38]으로 땅만 판다.
"줄이 꼭 나오겠나?"

하고 목이 말라서 물으면

"이번에 안 나오거던 내 목을 베게."

서슴지 않고 장담을 하고는 꿋꿋하였다.

이걸 보면 영식이도 마음이 좀 뇌는 듯싶었다. 전들 금이 없다면 무슨 멋으로 이 고생을 하랴. 반드시 금은 나올 것이다. 그제서는 이왕 손해는 하릴없거니와 고만두리라던 절망이 스르르 사라지고 다시금 주먹이 쥐어지는 것이었다.

캄캄하게 밤은 어두웠다. 어디선가 뭇 개가 요란히 짖어댄다.

남편은 진흙투성이를 하고 산으로 내려왔다. 풀이 죽어서 몸을 잘 가꾸지도 못하고 아랫목에 축 늘어진다.

이 꼴을 보니 아내는 맥이 다시 풀린다. 오늘도 또 글렀구나. 금이 터지면서 집을 한 채 사 간다고 자랑을 하고 왔더니 이내 헛일이었다. 인제 좌지[39]가 나서 낯을 들고 나아갈 염의조차 없어졌다.

남편에게 저녁을 갖다 주고 딱하게 바라본다.

"인젠 꾸어 온 양식도 다 먹었는데."

"새벽에 산제를 좀 지낼 텐데 한 번만 더 꿰 와."

남의 말에는 대답 없고 유하게 흘게 늦은[40] 소리뿐 그리고 드러누운 채 눈을 지그시 감아 버린다.

"죽거리두 없는데 산제는 무슨―"

"듣기 싫여! 요망 맞은 년 같으니."

이 호통에 아내는 그만 멈씰하였다.[41] 요즘 와서는 무턱대고 공연스레 골만 내는 남편이 역 딱하였다. 환장을 하는지 밤잠도 아니 자고 소리만 뻑뻑 지르며 덤벼들려고 든다. 심지어 어린것이 좀 울어도 이 자식 갖다 내꾼지라고 북새를 피는 것이다.

저녁을 안 먹으므로 그냥 치워 버렸다. 남편의 영을 거역키 어려워 양근댁한테로 또다시 안 갈 수 없다. 그간 양식은 줄곧 꿔다 먹고 갚지도 못하였는데 또 무슨 면목으로 입을 벌릴지 난처한 노릇이었다.

그는 생각다 끝에 있는 염치를 보째 쏟아 던지고 다시 한번 찾아가는 것이다. 마는 딱 맞닥뜨리어 입을 열고

"낼 산제를 지낸다는데 쌀이 있어야지유."

하자니 역시 낯이 화끈하고 모닥불이 날아든다.

그러나 그들은 어지간히 착한 사람이었다.

"암 그렇지요. 산신이 벗어나면 죽도 그릅니다."

하고 말을 받으며 그 남편은 빙그레 웃는다. 워낙이 금점에 장구[42] 닳아난 몸인 만치 이런 일에는 적잖이 속이 틔었다. 손수 쌀 닷 되를 떠다 주며

"산제란 안 지냄 몰라두 이왕 지낼려면 아주 정성껏 해야 됩니다. 산신이란 노하길 잘하니까유."

하고 그 비방까지 깨쳐 보낸다.

쌀을 받아 들고 나오며 영식이 처는 고마움보다 먼저 미안에 질려 얼굴이 다시 빨갰다. 그리고 그들 부부 살아가는 살림이 참으로 참으로 몹시 부러웠다. 양근댁 남편은 날마다 금점으로 감돌며 버력 더미를 뒤지고 토록[43]을 주워 온다. 그걸 온종일 장판돌에다 갈면 수가 좋으면 이삼 원 옥아도[44] 칠팔십 전 꼴은 매일 심이 되는 것이었다. 그러면 쌀을 산다, 피륙[45]을 끊는다, 떡을 한다, 장리를 놓는다. 그런데 우리는 왜 늘 요 꼴인지. 생각만 하여도 가슴이 메는 듯 맥맥한 한숨이 연발을 하는 것이었다.

아내는 집에 돌아와 떡쌀을 담그었다. 낼은 뭘로 죽을 쑤어 먹을는지. 윗목에 웅크리고 앉아서 맞은쪽에 자빠져 있는 남편을 곁눈으로 살짝 할겨 본다. 남들은 돌아다니며 잘도 금을 주워 오련만 저 망나니 제 밭 하나를 다 버려도 금 한 톨 못 주워 오나. 에에, 변변치도 못한 사나이. 저도 모르게 얕은 한숨이 거푸 두 번을 터진다.

밤이 이슥하여 그들 양주는 떡을 하러 나왔다. 남편은 절구에 쿵쿵 빻았다. 그러나 체가 없다. 동내로 돌아다니며 빌려 오느라고 아내는 다리에 불풍이 났다.[46]

"왜 이리 앉았수, 불 좀 지피지."

떡을 찌다가 얼이 빠져서 멍하니 앉았는 남편이 밉살스럽다. 남은 이래저래 애를 죄는데 저건 무슨 생각을 하고 저리 있는 건지. 낫으로 삭정이를 탁탁 조겨서 던져 주며 아내는

은근히 혹닥이었다.[47]

닭이 두 홰를 치고 나서야 떡은 되었다.

아내는 시루를 이고 남편은 겨드랑에 자리때기를 꼈다. 그리고 캄캄한 산길을 올라간다.

비탈길을 얼마 올라가서야 콩밭은 놓였다. 전면을 우뚝한 검은 산에 둘리어 막힌 곳이었다. 가생이로 느티 대추나무들은 머리를 풀었다.

밭머리 조금 못 미처 남편은 걸음을 멈추자 뒤의 아내를 돌아본다.

"이리 내, 그러구 여기 가만히 섰어."

시루를 받아 한 팔로 껴안고 그는 혼자서 콩밭으로 올라섰다. 앞에 쌓인 것이 모두가 흙더미, 그 흙더미를 마악 돌아서려 할 제 아마 돌을 찼나 보다. 몸이 쓰러지려고 우찔끈하니 아내는 기겁을 하여 뛰어오르며 그를 부축하였다.

"부정 타라구 왜 올라와, 요망 맞은 년."

남편은 몸을 바로잡자 소리를 빽 지르며 아내를 얼뺨을 붙인다[48]. 가뜩이나 죽으라 죽으라 하는데 불길하게도 계집년이. 그는 마뜩지 않게 투덜거리며 밭으로 들어간다.

밭 한가운데다 자리를 펴고 그 위에 시루를 놓았다. 그리고 시루 앞에다 공손하고 정성스레 재배를 커다랗게 한다.

"우리를 살려 줍소사. 산신께서 거들어 주지 않으면 저희는 죽을 수밖에 꼼짝 없습니다유."

그는 손을 모으고 이렇게 축원하였다.

아내는 이 꼴을 바라보며 독이 뽀록같이 올랐다. 금점을 함네 하고 금 한 톨 못 캐는 것이 버릇만 점점 글러 간다. 그전에는 없더니 요새로 걸핏하면 탕탕 때리는 못된 버릇이 생긴 것이다. 금을 캐랬지 뺨을 치랬나. 제발 덕분에 고놈의 금 좀 나오지 말았으면. 그는 뺨 맞은 앙심으로 맘껏 방자하였다.

하긴 아내의 말 고대로 되었다. 열흘이 썩 넘어도 산신은 깜깜 무소식이었다. 남편은 밤낮으로 눈을 까뒤집고 구덩이에 묻혀 있었다. 어쩌다 집엘 내려오는 때면 얼굴이 헐떡하고 어깨가 축 늘어지고 거반 병객이었다. 그러고서 잠자코 커다란 몸집을 방고래[49]에다 쿵 하고 내던지고 하는 것이다.

"제 에미 붙을 죽어나 버렸으면—"

혹은 이렇게 탄식하기도 하였다.

아내는 바가지에 점심을 이고서 집을 나섰다. 젖먹이는 등을 두드리며 좋다고 끽끽거린다.

이제는 흰 고무신이고 코다리고 생각조차 물렸다. 그리고 금 하는 소리만 들어도 입에 신물이 날 만큼 되었다. 그건 고사하고 꿔다 먹은 양식에 졸리지나 말았으면 그만도 좋으리마는.

가을은 논으로 밭으로 누—렇게 내리었다. 농군들은 기꺼운 낯을 하고 서로 만나면 흥겨운 농담. 그러나 남편은 애꿎은 밭만 망치고 논조차 건사 못하였으니 이 가을에는 뭘 거둬들이고 뭘 즐겨 할는지. 그는 동리 사람의 이목이 부끄러워 산길로 돌았다.

솔숲을 나서서 멀리 밖을 바라보니 둘이 다 나와 있다. 오늘도 또 싸운 모양. 하나는 이쪽 흙더미에 앉았고 하나는 저쪽에 앉았고 서로들 외면하여 담배만 뻑뻑 피운다.

"점심들 잡숫게유."

남편 앞에 바가지를 내려놓으며 가만히 맥을 보았다.

남편은 적삼이 찢어지고 얼굴에 생채기를 내었다. 그리도 두 팔을 걷고 먼 산을 향하여 묵묵히 앉았다.

수재는 흙에 박혔다 나왔는지 얼굴은커녕 귓속들이 흙투성이다. 코밑에는 피딱지가 말라붙었고 아직도 조금씩 피가 흘러내린다. 영식이 처를 보더니 열없는 모양. 고개를 돌려 모로 떨어뜨리며 입맛만 쩍쩍 다신다.

금을 캐라니까 밤낮 피만 내다 말려는가. 빚에 졸려 남은 속을 볶는데 무슨 호강에 이 지랄들인구. 아내는 못마땅하여 눈가에 살을 모았다.

"산제 지난다구 꿔 온 것은 언제나 갚는다지유."

뚱하고 있는 남편을 향해 말끝을 꼬부린다. 그러나 남편은 눈썹 하나 까딱하지 않는다. 이번에는 어조를 좀 돋으며

"갚지도 못할 걸 왜 꿔 오라 했지유."

하고 얼추 호령이었다.

 이 말은 남편의 채 가라앉지도 못한 분통을 다시 건드린다. 그는 벌떡 일어서며 황밤 주먹을 쥐어 낭창할[50]만치 아내의 골통을 후렸다.

 "계집년이 방정맞게—"

 다른 것은 모르나 주먹에는 아찔이었다. 멋없이 덤비다가 골통이 부서진다. 암상[51]을 참고 바르르하다가 이윽고 아내는 등에 업은 언내를 끌러 들었다. 남편에게로 그대로 밀어 던지니 아이는 까르륵 하고 숨 모는 소리를 친다.

 그리고 아내는 돌아서서 혼잣말로

 "콩밭에서 금을 딴다는 숭맥도 있담."

하고 빗대 놓고 비양거린다.

 "이년아 뭐?"

 남편은 대뜸 달려들며 그 볼따구니에다 다시 올찬 황밤을 주었다. 적으나면[52] 계집이니 위로도 하여 주련만 요건 분만 폭폭 질러 놓으려나. 예이, 빌어먹을 거 이판사판이다.

 "너허구 안 산다! 오늘루 가거라."

 아내를 와락 떠다밀어 논둑에 제쳐 놓고 그 허구리를 발길로 퍽 질렀다. 아내는 입을 헉 하고 벌린다.

 "네가 허라구 옆구리를 쿡쿡 찌를 제는 언제! 요 집안 망할 년."

 그리고 다시 퍽 질렀다. 연하여 또 퍽.

이 꼴들을 보니 수재는 조바심이 일었다. 저러다가 그 분풀이가 다시 제게로 슬그머니 옮아올 것을 눈치채었다. 인제 걸리면 죽는다. 그는 비슬비슬하다 어느 틈엔가 구덩이 속으로 시나브로 없어져 버린다.

볕은 다사로운 가을 향취를 풍긴다. 주인을 잃고 콩은 무거운 열매를 둥글둥글 흙에 굴린다. 맞은쪽 산 밑에서 벼들을 비비며 기뻐하는 농군의 노래.

"터졌네, 터져."

수재는 눈이 휘둥그렇게 굿문을 튀어나오며 소리를 친다. 손에는 흙 한 줌이 잔뜩 쥐였다.

"뭐?"

하다가

"금줄 잡았어, 금줄."

"으—ㅇ."

하고 외마디를 남기자 영식이는 수재 앞으로 살같이 달겨들었다. 허겁지겁 그 흙을 받아 들고 샅샅이 헤쳐 보니 딴은 재래에 보지 못하던 불그죽죽한 황토였다. 그는 눈에 눈물이 핑 돌며

"이게 웬 줄인가?"

"그럼 이것이 곱색줄[53]이라네. 한 포에 댓 돈씩은 넉넉 잡히데."

영식이는 기쁨보다 먼저 기가 탁 막혔다. 웃어야 옳을지

울어야 옳을지. 다만 입을 반쯤 벌린 채 수재의 얼굴만 멍하니 바라본다.

"이리 와 봐! 이게 금이래."

이윽고 남편은 아내를 부른다. 그리고 내 뭐랬어, 그러게 해 보라구 그랬지 하고 설면설면[54] 덤벼 오는 아내가 한결 어여뻤다. 그는 엄지손가락으로 아내의 눈물을 지워 주고 그러고 나서 껑충거리며 구덩이로 들어간다.

"그 흙 속에 금이 있지요?"

영식이 처가 너무 기뻐서 코다리에 고래등 같은 집까지 연상할 제 수재는 시원스러이

"네 한 포대에 오십 원씩 나와유."

하고 대답하고 오늘 밤에는 정녕코 꼭 달아나리라 생각하였다. 거짓말이란 오래 못 간다. 뽕이 나서[55] 뼈다귀도 못 추리기 전에 훨훨 벗어나는 게 상책이겠다.

노다지

그믐 칠야 캄캄한 밤이었다.

하늘에 별은 깨알같이 총총 박혔다. 그 덕으로 솔숲 속은 간신이 희미하였다. 험한 산중에도 우중충하고 구석박이 외딴곳이다. 버석, 만 해도 가슴이 덜렁한다. 호랑이, 산골 호생원!

만귀는 잠잠하다.[1] 가을은 이미 늦었다고 냉기는 모질다. 이슬을 품은 가랑잎은 바스락바스락 날아들며 얼굴을 축인다.

꽁보는 바랑을 모로 베고 풀 위에 꼬부리고 누웠다가 잠깐 깜빡하였다. 다시 눈이 띄었을 적에는 몸서리가 몹시 나온다. 형은 맞은편에 그저 웅크리고 앉았는 모양이다.

"성님, 인저 시작해 볼라우?"

"아즉 멀었네. 좀 춥더라도 참참이 해야지."

어둠 속에서 그 음성만 우렁차게 그러나 가만이 들릴 뿐이다. 연모를 고치는지 마치 쇠 부딪는 소리와 어울러 부스럭거린다. 꽁보는 다시 옹송그리고 새우잠으로 눈을 감았다. 야기에 옷은 젖어 후줄근하다. 아랫도리가 척 나간 듯이 감촉을 잃고 대구 쑤실 따름이다. 그대로 벌떡 일어나 하품을 하고는 오들오들 떨었다.

어디서인지 자박자박 사라지는 발자국 소리가 들린다. 꽁보는 정신이 번쩍 나서 눈을 둥글린다.

"누가 오는게 아뉴?"

"바람이겠지, 즈들이 설마 알라구!"

신청부[2] 같은 그 대답에 적이 맘이 놓인다. 곁에 형만 있으면야 몇 놈쯤 오기로 서니 그리 쪼일 게 없다. 적삼의 깃을 여미며 휘돌아 보았다.

감때사나운 큰 바위가 반뜩이는 하늘을 찌를 듯이, 삐져 솟았다. 그 양 어깨로 자지레한 바위는 뭉글뭉글한 놈이 검은 구름 같다. 그러면 이번에는 꿈인지 호랑인지 영문 모를 그런 험상궂은 대구리가 공중에 불끈 나타나 두리번거린다. 사방은 모다 이따위 산에 둘렸다. 바람은 뻗질 내려 구르며 습기와 함께 낙엽을 풍긴다. 을씨년스레 샘물은 노냥 쫄랑쫄랑. 금시라도 시꺼먼 산중턱에서 호랑이 불이 보일 듯싶다. 꼼짝 못할 함정에 들은 듯이 소름이 쭉 돈다.

노다지

꽁보는 너무 서먹서먹하고 허전하여 어깨를 으쓱 올린다. 몹쓸 놈의 산골도 다 많어이. 산골마다 모조리 요지경이람. 이러고 보니 몹시 무서운 기억이 눈앞으로 번쩍 지난다.

바로 작년 이맘때이다. 그날도 오늘과 같이 밤을 도와 잠채[3]를 하러 갔던 것이다. 회양[4] 근방에도 가장 험하다는 마치 이렇게 휘하고[5] 낯선 산골을 기어올랐다. 꽁보에 더펄이 그리고 또 다른 동무 셋과. 초저녁부터 내리는 부슬비가 웬일인지 그칠 줄을 모른다. 붕하고 난데없이 이는 바람에 안겨 비는 낙엽과 함께 몸에 부딪고 또 부딪고 하였다. 모두들 입 벌릴 기력조차 잃고 대구 부들부들 떨었다. 방금 넘어올 듯이 덩치 커다란 바위는 머리를 불쑥 내대고 길을 막고 막고 한다. 그놈을 끼고 캄캄한 절벽을 돌고 나니 땀이 등줄기로 쭉 내려 흘렀다. 게다 언제 호랑이가 내닫는지 알 수 없으매 가슴은 펄쩍 두근거린다.

그러나 하기는, 이제 말이지 용케도 해 먹긴 하였다. 아무렇든지 다섯 놈이 서른 길이나 넘는 암굴에 들어가서 한 시간도 채 못 되자 감(광석)을 두 포대나 실히 따 올렸다. 마는 문제는 논으맥이[6]에 있었다. 어떻게 이놈을 노느면[7] 서로 억울치 않을까. 꽁보는 금점에 남다른 이력이 있느니만치 제가 선뜻 맡았다. 부피를 대중하여 다섯 몫에다 차례대로 매지매지[8] 골고루 노났던 것이다. 헌대 이런 우스꽝스러운 놈이 또 있을까.

"이게 일터면 노눈 건가!"

어두운 구석에서 어떤 놈이 이렇게 쥐어박는 소리를 하는 것이다. 제딴은 욱기를 보이느라고 가래침을 뱉는다.

"그럼?"

꽁보는 하 어이없어서 그쪽을 뻔히 바라보았다. 이건 우리가 늘 하는 격식인데 이제 와서 새삼스럽게 게정[9]을 부릴것이 아니다.

"아니, 요게 내거야?"

"그럼, 누군 감벼락을 맞았단 말인가?"

"아니, 이 구덩이를 먼저 낸 것이 누군데 그래?"

"누구고 새고 알게 뭐 있나, 금 있으니 땄고 땄으니 논았지!"

"알 게 없다? 내가 없어도 느가 왔니? 이 새끼야?"

"이런 숙맥 보래. 꿀돼지 제 욕심 채우기로 너만 먹자는 거야?"

바로 이 말에 자식이 욱하고 들이덤볐다. 무지한 두 손으로 꽁보의 멱살을 잔뜩 움켜쥐고 흔들고 지랄을 한다. 꽁보가 체수가 작고 쳐들고 좀팽이[10]라 한창 얕본 모양이다.

비를 맞아 가며 숨이 콱 막히도록 시달리니 꽁보도 화가 안 날 수 없다. 저도 모르게 어느덧 감석을 손에 잡자 놈의 골통을 깨뜨렸다. 하니까 이놈이 꼭 황소같이 식 하더니 꽁보를 피언한 돌 위에다 집어 던졌다. 그리고 깔고 앉더니 대뜸 벽

노다지 127

채[11]를 들어 곁갈빗대를 힉, 하도록 아주 몹시 조겼다. 죽질 않아 다행이지만 지금도 이게 가끔 도져 몸을 못쓰는 것이다. 담에는 왼편 어깨를 된통 맞았다. 정신이 다 아찔하였다. 험하고 깊은 산속이라 그대로 죽여 버릴 작정이 분명하다. 세 번째에는 또다시 가슴을 겨누고 내려올 제 인제는 꼬박 죽었구나, 하였다. 참으로 지긋지긋하고 아슬아슬한 순간이었다. 그때 천행이랄까 대문짝처럼 크고 억센 더펄이가 비호같이 날아들었다. 잡은참 그놈의 허리를 뒤로 두 손에 끼어들더니 산비탈로 내던져 버렸다. 그놈은 그때 살았는지 죽었는지 이내 모른다. 꽁보는 곧바로 감석과 한꺼번에 더펄이 등에 업혀 마을로 내려왔던 것이다.

현재 꽁보가 갖고 다니는 그 목숨은 즉 더펄이 손에서 명줄을 받은 그때의 끄트머리다. 더펄이를 형이라 불렀고 형우제공[12]을 깍듯이 하는 것도 까닭 없는 일은 아니었다.

이 산골도 그 녀석의 산골과 똑 헐없은 흉측스러운 낯짝을 가졌다. 한번 휘돌아보니 몸서리치던 그 경상이 다시 생각하지 않을 수 없다. 꽁보는 담배만 빡빡 피우며 시름없이 앉았다.

"몸 좀 녹여서 인저 시적시적해 볼까?"

더펄이도 추운지 떨리는 몸을 툭툭 털며 일어선다. 시작하도록 연모는 차비가 다된 모양. 저편으로 가서 훔척훔척하더니 바랑에서 막걸리 병과 돼지 다리를 꺼내 들고 이리로 온다.

"그래도 줌 거냉은 해야 할 걸!"

하고 그는 병마개를 이로 뽑드니

"에이 그냥 먹세. 언제 데워 먹겠나?"

"데웁시다."

"글쎄 그것두 좋고, 근데 불을 놨다가 들키면 어쩌나?"

"저 바위틈에다 가리고 피웁시다."

아우는 일어서서 가랑잎을 긁어모았다.

형은 더듬어 가며 소나무 삭정이를 뚝뚝 꺾어서 한아름 안았다. 평풍과 같이 바위와 바위 사이에 틈이 벌어졌다. 그 속으로 들어가 그들은 불을 놓았다.

"커―, 그어 맛 좋아이."

형은 한 잔을 쭉 켜고 거나하였다. 칼로 돼지고기를 저며 들고 쩍쩍 씹는다.

"아까 술집 계집 봤나?"

"왜 그루?"

"어떠튼가?"

"……."

"아주 똑땄데, 고거 참!"

하고 그는 눈을 불빛에 끔벅거리며 싱글싱글 웃는다. 일 년이면 열두 달 줄청[13] 돌아만 다니는 신세였다. 오늘은 서로 내일은 동으로 조선 천지의 금점판 치고 안 찝쩍거린 데가 없었다. 언제나 나도 그런 계집 하나 만나 살림을 좀 해 보누, 하면 무거운 한숨이 절로 안 날 수 없다.

"거, 계집 있는 게 한결 낫겠더군!"

하고 저도 열적을 만큼 시풍스러운[14] 소리를 하니까

"글쎄요―"

하고 꽁보는 그 얼굴을 빤히 쳐다보았다. 이날까지 같이 다녀야 그런 법 없더니만 왜 별안간 계집 생각이 날까. 별일이로군! 하긴 저도 요즘으로 버썩 그런 생각이 무럭무럭 안 나는 것도 아니지만. 가을이 늦어서 그런지 두 홀아비 마주 앉기만 하면 나는 건 그 생각뿐.

"성님, 장가들라우?"

"어디 웬 계집이 있나?"

"글쎄?"

하고 꽁보는 그 말을 재치다가[15] 언뜻 이런 생각을 하였다. 제 누이를 주면 어떨까. 지금 그 누이가 충주 근방 어느 농군에게 출가하여 자식을 둘씩이나 낳았다. 마는 매우 반반한 얼굴을 가졌다. 이걸 준다면 형은 무척 반기겠고 또한 목숨을 구해 준 그 은혜에 대하여 손씨세[16]도 되리라.

"성님, 내 누이를 주라우?"

"누이?"

"썩 이뿌우, 성님이 보면 아마 담박 반하리다."

더펄이는 담말을 기다리며 다만 벙벙하였다. 불빛에 이글이글하고 검붉은 그 얼굴에는 만족한 미소가 떠올랐다. 그 누이에 대하여 칭찬은 전일부터 많이 들었다. 그럴 적마다 속중

으로는 슬며시 생각이 달랐으나 차마 이렇다 토설치는 못했던 터이었다.

"어떻수?"

"글쎄, 그런데 살림하는 사람을 그리 되겠나?"

하여 뒷심[17]은 두면서도 어정쩡하게 물어보았다. 그러고 들껍쩍하고[18] 술을 따라서 아우에게 권하다가 반이나 엎질렀다.

"그야, 돌려 빼면 고만이지 누가 뭐랠 터유"

꽁보는 자신이 있는 듯이 이렇게 선언하였다.

더펄이는 아주 좋았다. 팔짱을 딱 찌르고는 눈을 감았다. 나도 인젠 계집 하나 안아 보는구나! 아마 그 누이란 썩 이쁠 것이다. 오동통하고, 아양스럽고, 이런 계집에 틀림없으리라. 그럴 필요도 없건마는 그는 벌떡 일어서서 주춤주춤하다가 다시 펄썩 앉는다.

"언제 갈려나?"

"가만 있수 이거 해 가지구 낼 갑시다."

오늘 일만 잘되면 낼도 곧 떠나도 좋다. 충청도라야 강원도 역경을 지나 칠팔십 리 거르면 그만이다. 낼 해껏[19] 거르면 모레 아침에는 누이 집을 들러서 다른 금점으로 가리라 예정하였다. 그런데 이놈의 금을 언제나 좀 잡아볼는지 아득한 일이었다.

"빌어먹을 거, 언제쯤 재수가 좀 터 보나!"

꽁보는 뜯고 있던 돼지 뼈다귀를 내던지며 이렇게 한탄하였다.

"염려 말게. 어떻게 되겠지 오늘은 꼭 노다지가 터질 터니 두고 볼려나?"

"작히 좋겠수, 그렇거든 고만 들어앉습니다."

"이를 말인가, 이게 참 할 노릇을 하나, 이제 말이지."

그들은 몇 번이나 이렇게 짜위했는지 그 수를 모른다. 네가 노다지를 만나든 내가 만나든 둘이 똑같이 나눠 가지고 집을 사고 계집을 얻고 술도 먹고 편히 살자고 그러나 여지껏 한 번이라고 그렇게 돼본 적이 없으니 매양 헛소리가 되고 말았다.

"닭 울 때도 되었네, 인제 슬슬 가 볼려나?"

더펄이는 선뜻 일어서서 바랑을 짊어 메다가 꽁보를 바라보앗다. 몸이 도지는지 불 앞에서 오르르 떨고 있는 것이 퍽으나 측은하였다.

"여보게 내 혼자 해 가주 올게. 불이나 쬐고 거기 있으려나?"

"뭘, 갑시다."

꽁보는 꼬물꼬물 일어서며 바랑을 메었다.

그들은 발로다 불을 비벼 끄고는 거기를 떠났다.

산에, 골을 엇비슷이 돌아오르는 샛길이 놓였다. 좌우로는 솔, 잣, 밤, 단풍, 이런 나무들이 울창하게 꽉 들어박혔다. 그

밑으로는 재갈, 아니면 불통 바위[20]는 예제없이 마냥 뒹굴었다. 한껏 시꺼먼 그 암흑 속을 그 둘은 더듬고 기어오른다. 풀숲의 이슬로 말미암아 고의로 축축이 젖었다. 다리를 옮겨 놓을 적마다 철떡철떡 살에 붙으며 찬 기운이 쭉 끼친다. 그리고 모진 바람은 뻔질 불어내린다. 붕 하고 능글차게 낙엽을 불어내리다는 뺑 하고 되알지게 기를 복쏜다.

꽁보는 더펄이 뒤를 따라 오르며 달달 떨었다. 이게 지랄인지 난장인지. 세상에 짜장 못해 먹을 건 금점 빼고 다시 없으리라. 금이 다 무언지, 요짓을 꼭 해야 한담. 게다 건뜻하면 서로 뚜들겨 죽이는 것이 일. 참말이지 금쟁이치고 허나 순한 놈 못 봤다. 몸이 결릴 적마다 지겹던 과거를 또 연상하며 그는 다시금 몸에 소름이 돋았다. 그러자 맞은편 산 수풍에서 큰불이 얼른하였다. 호랑이! 이렇게 놀라고 더펄이 허리에가 덥석 달리며

"저게 뭐유?"

하고 다르르 떨었다.

"뭐?"

"저거, 아니 지금은 없어졌네."

"그게, 눈이 어려서 헛거지 뭐야."

더펄이는 씸씸이[21] 대답하고 천연스레 올라간다. 다기진 그 태도에 좀 안심이 되는 듯싶으나 그래도 썩 편치는 못하였다. 왜 이리 오늘은 대구 겁만 드는지 까닭을 모르겠다. 몸은 배

시근하고[22] 열로 인하여 입이 바짝바짝 탄다. 이것이 웬만하면 그럴리 없으련마는

"자네, 안 되겠네, 내 등에 업히게!"
하고 더펄이가 등을 내밀 제 그는 잠자코 바랑 위로 넙죽 업혔다. 그래도 끽소리 없이 덜렁덜렁 올라가는 더펄이를 굽어보며 실팍한 그 몸이 여간 부러운 것이 아니었다.

불볕 내리는 복중처럼 씨근거리며 이마에 땀이 쫙 흘렀을 그때에야 비로소 더펄이는 산마루턱까지 이르렀다. 꽁보를 내려놓고 땀을 씻으며 후, 하고 숨을 돌린다. 인젠 얼마 안 남았겠지. 조금 내려가면 요 아래 있을 것이다.

그들이 이 마을에 들린 것은 바로 오늘 점심때이다. 지나서 그냥 가려 하다가 뜻하지 않은 주막 주인 말에 귀가 번쩍 띄었던 것이다. 저 산 넘어 금점이 있는데 금이 푹푹 쏟아지는 화수분이라고. 요즘에는 화약 허가를 내가지고 완전히 일을 하고자 하여 부득이 잠시 휴광 중이고 머지않아 다시 시작할 게다. 그리고 금도적을 맞을까 하여 밤낮 구별 없이 감시하는 중이라 하는 것이다.

그러나 이 밤중에 누가 자지 않고 설마, 하고 더펄이는 덜렁덜렁 내려간다. 꽁보는 그 꽁문이를 쿡쿡 찔렀다. 그래도 사람의 일이니 물은[23] 모른다. 좌우 곁으로 살펴보며 살금살금 사리어[24] 내려온다.

그들은 오 분쯤 내리었다. 딴은 커다란 구덩이 하나가 딱

내달았다.

 산중턱에 짚 더미 같은 바위가 놓였고 고 옆으로 또 하나가 놓여 가닥이졌다. 그 가운데다 뻐듬한 돌장벽을 끼고 구멍을 뚫은 것이다. 가루지[25]는 한 발 좀 못 되고 길벅지[26]는 약 서 발가량. 성냥을 그어 대보니 깊이가 네 길이 넘겼다. 함부로 쪼아먹은 구덩이라 꺼칠한 놈이 군버력도 똑똑히 못 치웠다. 잠채를 염려하여 그랬으리라, 사다리는 모조리 떼 가고 밍숭밍숭한 돌벽이 있을 뿐이다.

 그들은 다시 한 번 사방을 둘레둘레 돌아보았다. 지척을 분간키 어려우나 필경 사람은 없을 것이다. 마음을 놓고 바랑에서 광술[27]을 꺼내어 불을 당겼다. 더펄이가 먼저 장벽에 엎드려 뒤로 기어내린다. 꽁보는 불을 들고 조심성 있게 참참이 내려온다. 한 길쯤 남았을 때 그만 발이 찍, 하고 더펄이는 떨어졌다. 꿍, 하고 무던이 골탕은 먹었으나 그대로 쓱싹 일어섰다. 동이 트기 전에 얼른 금을 따야 될 것이다.

 "여보게 아우, 나는 어딜 따랴나?"

 "글쎄유……, 가만이 기슈."

 아우는 불을 드려대고 줄 맥[28]을 한번 쭉 훑었다.

 금점 일에는 난다 긴다 하는 아달맹이[29] 금쟁이었다. 썩 보더니 복판에는 동[30]이 먹어 들어가고 양편 가생이로 차차 줄이 생하는 것을 알았다.

 "성님은 저편 구석을 따우."

아우는 이렇게 지시하고 저는 이쪽 구석으로 왔다. 그러나 참아 그 틈바구니로 들어갈 생각이 안 난다. 한 길이나 실히 되도록 쌓아올린 동발이 금방 넘어올 듯이 위험하였다. 밑에는 좀 잔은 돌로 쌓았으나 그 위에는 제법 굵직굵직한 놈들이 얹혔다. 이것이 무너지면 깩소리도 못하고 치어 죽는다.

꽁보는 한참 생각했으되 별 수 없다. 낯을 째푸려 가며 바랑에서 망치와 타래증[31]을 꺼내 들었다. 그런데 어떻게 파 먹은 놈이게 옴폭이 들어간 것이 일커녕 몸 하나 놓을 데가 없다. 마지못해 두 다리를 동발께로 쭉 뻗고 몸을 그 홈패기에 착 엎드려 망치질을 하기 시작하였다.

돌에 뚫린 석혈 구덩이라 공기는 더욱 쾡하였다. 정 때리는 소리만 양쪽 벽에 무겁게 부딪친다.

팡! 팡!

이렇게 몹시 귀를 울린다.

거반 한 시간이 넘었다. 그들은 버력 같은 만감 이외에 아무것도 얻지 못했다. 다시 오 분이 지난다. 십 분이 지난다. 딱 그때다.

꽁보는 땀을 철철 흘리며 좁다란 그 틈에서 감[32] 하나를 손에 따들었다. 헐없이 적은 목침 같은 그런 돌팍을. 엎드린 그 채 불빛에 비치어 가만이 뒤져 보았다. 번들번들한 놈이 그광채가 되우 혼란스럽다. 혹시 연철이나 아닐까. 그는 돌 위에 눕혀 놓고 망치로 두드리어 깨 보았다. 좀체 해서는 쪽이 잘 안 날만치 쭌둑쭌둑한 금돌! 그는 다시 집어 들고 눈앞으로 바싹 가져오며 실눈을 떴다. 얼마를 뚫어지게 노려보았다. 무작정으로 가슴은 뚝딱거리고 마냥 들렌다[33]. 이 돌에 박힌 금만으로도, 모름 몰라도 하치[34] 열 량 중은 넘겠지. 천원! 천 원!

"그 먼가, 뭐야?"

더펄이는 이렇게 허둥지둥 달려들었다.

"노다지."

하고 풀 죽은 대답.

"으—o, 노다지?"

하기 무섭게 더펄이는 우뻑지뻑 그 돌을 받아 들고 눈에 들이댄다. 척척 휠만치 들여 박힌 금. 우리도 인젠 팔자를 고치누나! 그는 껍쩍껍쩍 엉덩춤이 절로 난다.

"이리 나오게 내 땀세."

그는 아우의 몸을 번쩍 들어내놓고 제가 대신 들어간다. 역시 동발께로 다리를 쭉 뻗고는 그 틈바구니에 덥석 엎드렸다. 몸이 워낙 커서 좀 둥개이나[35] 아무렇게 해도 아우보다 힘이 낫겠지. 그 좁은 틈에 타래증을 꽂아 박고 식, 식, 하고 망치로 때린다.

꽁보는 그 앞에 서서 시무룩하니 흥이 지었다. 금점 일로 할지면 제가 선생이요 형은 제 지휘를 받아 왔던 것이다. 뭘 안다고 풋내기가 어줍대는가, 돌쪽 하나 변변히 못 떼낼 것이……. 그는 형의 태도가 심상치 않음을 얼핏 알았다. 금을 보더니 완연히 변한다.

"저 곡괭이 좀 집어 주게."

형은 고개도 아니 들고 소리를 빽 지른다.

아우는 잠자코 대꾸도 아니한다. 사람을 너무 얕보는 그 꼴이 썩 아니꼬웠다.

"아, 이 사람아. 곡괭이 좀 얼른 집어 줘. 왜 이리 정신없이 섰나?"

그리고 눈을 딱 부릅뜨고 쳐다본다. 아우는 암말 않고 저편 구석에 놓인 곡괭이를 집어다 주었다. 그리고 우두커니 다시 섰다. 형이 무람없이[36] 굴면 굴수록 그것은 반드시 시위에 가까웠다. 힘이 좀 있다고 주제넘게 꺼떡이는 그 화상이야 눈허리가 시면 시었지 그냥은 못 볼 것이다.

"또 땄네, 내 기운이 어떤가?"

형은 이렇게 주적거리며 곡괭이를 연송 내려찍는다. 마치 죽통에 덤벼드는 도야지 모양이다. 억척스럽게도 손뼉만 한 감을 두 쪽이나 따냈다. 인제는 악이 아니면 세상없이도 더는 못 딸 것이다.

엑! 엑! 엑!

그래도 억센 주먹에 굳은 놈이다 벌컥벌컥 나간다.

제 힘을 되우 자랑하는 형을 이윽히 바라보니 또한 그 속이 보인다. 필연코 이 노다지를 혼자 먹을려고 하는 것이다. 허면 내가 있는 것을 몹시 꺼리겠지 하고 속을 태운다.

"이것 봐, 자네 같은 건 골백번 와야 소용없네."

하고 또 뽐낼 제 가슴이 선뜩하였다. 앞서는 형의 손에 목숨을 구해 받았으나 이번에는 같은 산골에서 그 주먹에 명을 도로 끊을지도 모른다. 그는 형의 주먹을 가만히 내려보다가 가엾이도 앙상한 제 주먹을 대조하여 보지 않을 수 없다. 그러나 다만 속이 바르르 떨릴 뿐이다.

그러자 꽁보는 기겁을 하여 놀라며 뒤로 물러섰다. 어이쿠 하는 불시의 비명과 아울러 와그르하였다. 쌓아올린 동발이 어찌하다 중턱이 헐렸다. 모진 돌들은 더펄이의 장딴지며 넓적다리 엉덩이까지 고대로 엎눌렀다. 살은 물론 으스러졌으리라. 그는 엎드린 채 꼼짝 못하고 아픈데 못 이겨 끙끙거린다. 허나 죽질 않기만 요행이다. 바로 그 위의 공중에는 징그럽게 커다란 돌이 내려 구르자 그 밑을 받친 불과 조그만 조각돌에 걸리어 미처 못 굴러 내리고 간댕거리는 길이었다. 이 돌만 내리치면 그 밑에 그는 목숨은 고사하고 읏살[37]이 될 것이다.

"여보게, 내 몸 좀 빼 주게."

형은 몸은 못 쓰고 죽어가는 목소리로 애원한다. 그리고 또

"아우, 나 죽네, 응?"

하고 거듭 애를 끓으며 빌붙는다. 고개만 겨우 들었을 따름 그 외에는 손조차 자유를 잃은 모양 같다.

아우는 무너지려는 동발을 쳐다보며 얼른 그 머리맡으로 다가선다. 발 앞에 놓인 노다지 세 쪽을 날쌔게 손에 잡자 도로 얼른 물러섰다. 그리고 눈물이 흐른 형의 얼굴은 돌아도 안 보고 고 발로 허둥지둥 장벽을 기어오른다.

"이놈아!"

너머 기어올라 벼락같이 악을 쓰는 호통이 들리었다. 또 연하야 우지끈 뚝딱, 하는 무서운 폭성이 들리었다. 그것은 거의거의 동시의 일이었다. 그러고는 좀 와스스하다가 잠잠하였다.

그때는 벌써 두 길이나 넘어 아우는 기어올랐다. 굿문까지 다 나왔을 제 그는 머리만 내밀어 사방을 두릿거리다 그림자같이 사라진다.

더펄이의 형체는 보이지 않는다. 침침한 어둠 속에 단지 굵은 돌멩이만이 쫙 흩어졌다. 이쪽 마구리[38]의 타다 남은 화롯불은 바야흐로 질듯 질듯 껌벅거린다. 그리고 된바람이 애, 하고는 굿문께서 모래를 쫘륵쫘륵, 들어서 뿜는다.

만무방[1]

 산골에, 가을은 무르녹았다.

 아름드리 노송은 뻑뻑이 늘어박혔다. 무거운 송낙[2]을 머리에 쓰고 건들건들. 새새이 끼인 도토리, 벚, 돌배, 갈잎들은 울긋불긋. 잔디를 적시며 맑은 샘이 쫄쫄거린다. 산토끼 두 놈은 한가로이 마주 앉아 그 물을 할짝거리고. 이따금 정신이 나는 듯 가랑잎은 부스스하고 떨린다. 산산한 산들바람. 귀여운 들국화는 그 품에 새뜻새뜻 넘논다. 흙내와 함께 향긋한 땅김이 코를 찌른다. 요놈은 싸리버섯, 요놈은 잎 썩은 내 또 요놈은 송이— 아니, 아니 가시넝쿨 속에 숨은 박하풀 냄새로군.

 응칠이는 뒷짐을 딱 지고 어정어정 노닌다. 유유히 다리를 옮겨 놓으며 이 나무 저 나무 사이로 홀라들인다[3]. 코는 공중에서 벌렸다 오므렸다, 연방 이러며 훅 훅. 구붓한 한 송목 밑에 이르자 그는 발을 멈춘다. 이번에는 지면에 코를 얕이 갖다 대고 한 바퀴 비잉, 나물을 끼고 돌았다.

—아하, 요놈이로군!

썩은 솔잎에 덮여 흙이 봉곳이 돋아올랐다.

그는 손가락을 꾸짖으며 정성스레 살살 헤쳐 본다. 과연 귀여운 송이. 망할 녀석, 조금만 더 나오지. 그걸 뚝 따 들곤, 뒷짐을 지고 다시 어슬렁어슬렁. 가끔 선하품은 터진다. 그럴 적마다 두 팔을 떡 벌리곤 먼 하늘을 바라보고 늘어지게도 기지개를 늘인다.

때는 한창 바쁠 추수 때이다. 농군 치고 송이 파적 나올 놈은 생겨나도 않았으리라. 하나 그는 꼭 해야만 할 일이 없었다. 싶으면 하고 말면 말고 그저 그뿐. 그러함에는 먹을 것이 더럭 있느냐면 있기커녕 부쳐 먹을 농토조차 없는, 계집도 없고 집도 없고 자식 없고. 방은 있대야 남의 곁방이요 잠은 새우잠이요. 하지만 오늘 아침만 해도 한 친구가 찾아와서 벼를 털 텐데 일 좀 와 해 달라는 걸 마다하였다. 몇 푼 바람에 그까짓 걸 누가 하느냐, 보다는 송이가 좋았다. 왜냐하면 이 땅 삼천리 강산에 늘어놓인 곡식이 말짱 누 거람. 먼저 먹는 놈이 임자 아니야. 먹다 걸릴 만치 그토록 양식을 쌓아 두고 일이다 무슨 난장 맞을 일이람. 걸리지 않도록 먹을 궁리나 할 게지. 하기는 그도 한 세 번이나 걸려서 구메밥[4]으로 사관을

텄다[5]. 마는 결국 제 밥상 위에 올라앉은 제 몫도 자칫하면 먹다 걸리긴 매일반.

 올라갈수록 덤불은 우거졌다. 머루며 다래, 칡, 게다가 이름 모를 잡초. 이것들이 위아래로 이리저리 서리어 좀체 길을 내지 않는다. 그는 잔딧길로만 돌았다. 넓적다리가 벌쭉이는 찢어진 고의 자락을 아끼며 조심조심 사려 딛는다. 손에는 칡으로 엮어 든 일곱 개 송이. 늙은 소나무마다 가선 두리번거린다. 사냥개 모양으로 코로 쿡쿡 내를 한다[6]. 이것도 송이 같고 저것도 송이. 어떤 게 알짜 송인지 분간을 모른다. 토끼 똥이 소보록한데 갈잎이 한 잎 똑 떨어졌다. 그 잎을 살며시 들어 보니 송이 대구리[7]가 불쑥 올라왔다. 매우 큰 송인 듯. 그는 반색하여 그 앞에 무릎을 털썩 꿇었다. 그리고 그 위에 두 손을 내들며 열 손가락을 다 펴들었다. 가만가만히 살살 흙을 헤쳐 본다. 주먹만 한 송이가 나타난다. 얘, 이놈 크구나. 손바닥 위에 따 올려놓고는 한참 들여다보며 싱글벙글한다. 우중충한 구석으로 바위는 벽같이 깎아질렀다. 그 중턱을 얽어나간 칡 잎에서는 물이 쪼록쪼록 흘러내린다. 인삼이 썩어 내리는 약수라 한다. 그는 돌 위에 걸터앉으며 또 한 번 하품을 하였다. 간밤 쓸데없는 노름에 밤을 팬 것이 몹시 나른하였다. 다사로운 햇발이 슬픔 새어든다. 다람쥐가 솔방울을 떨어치며. 어여쁜 할미새는 앞에서 알씬거리고. 동리에서는 타작을 하느라고 와글거린다. 흥겨워 외치는 목성, 그걸 엎누르고 공중에 웅웅 진동하는 벼 터는 기계 소리. 맞은쪽 산속에서 어린 목동들의 노래는 처량히 울려온다. 산속에 묻힌 마을의 전경을 멀리 바라보다가 그는 눈을 찌긋하며 다시 한 번 하품을 뽑는다. 이 웬 놈의 하품일까. 생각해 보니 어제 저녁부터 여태껏 창자가 곯리던 것이다. 불현듯 송이 꾸러미에서 그중 크고 먹음직한 놈을 하나 뽑아들었다.

응칠이는 그 송이를 물에 써억써억 비벼서는 떡 버러진 대구리부터 걸쌈스레 덥석 물어 떼었다. 그리고 넓죽한 입이 움질움질 씹는다. 혀가 녹을 듯이 만질만질하고 향기로운 그 맛. 이렇게 훌륭한 놈을 입맛만 다시고 못 먹다니. 문득 옛 추억이 혀끝에 뱅뱅 돈다. 이놈을 맛보는 것도 참 근자의 일이다. 감불생심이지 어디 냄새나 똑똑히 맡아 보리. 산속으로 쏘다니다 백판 못 따게 하려니와 더러 딴다는 놈은 행여 상할까 봐 손도 못 대게 하고 집에 내려다 모으고 모으고 하는 것이다. 그러나 요행히 한 꾸러미가 차면 금시로 장에 가져다 판다. 이틀 사흘씩 공때린 거로되 잘하면 사십 전 못 받으면 이십오 전. 저녁거리를 기다리는 아내를 생각하며 좁쌀 서너 되를 손에 사 들고 어두운 고개치를 터덜터덜 올라오는 건 좋으나 이 신세를 뭣에 쓰나 하고 보면 을프냥궂기[8]가 짝이 없겠고— 이까짓 걸 못 먹어 그래 홧김에 또 한 놈을 뽑아들고 이번엔 물에 흙도 씻을 새 없이 그대로 텁석거린다. 그러나 다른 놈들도 별수 없으렷다. 이 산골이 송이의 본 고향이로되 아마 일 년에 한 개조차 먹는 놈이 드물리라.

　―흠, 썩어진 두상들!

　그는 폭넓은 얼굴을 이그리며 남이나 들으란 듯이 이렇게 비웃는다. 썩었다. 함은 데생겼다[9] 모멸하는 그의 언투였다. 먹다 나머지 송이 꽁댕이를 바로 자랑스러이 입에다 치뜨리곤 트림을 섞어 가며 우물거린다.

　송이가 두 개가 들어가니 인제는 더 먹을 재미가 없다. 뭔가 좀 든든한 걸 먹었으면 좋겠는데. 떡, 국수, 말고기, 개고기, 돼지고기, 그렇지 않으면 쇠고기냐. 아따 궁한 판이니 아무거나 있으면 속중[10]으로 여러 가질 먹으며 시름없이 앉았다. 그는 눈꼴이 슬그머니 돌아간다. 웬 놈의 닭인지 암탉 한 마리가 조 아래 무덤 앞에서 뺑뺑 맨다. 골골거리며 감도는 걸 보매 아마 알 자리를 보는 맥이라. 그는 돌에서 궁둥이를 들었다. 낮은 하늘로 외면하여 못 본 척하고 닭을 향하여 저 켠으로 널찍이 돌아내린다. 그러나 무덤까지 왔을 때 몸을 돌리며

　"후, 후, 후, 이 자식이 어딜 가 후―"

　두 팔을 버리고 쫓아간다. 산꼭대기로 치모니 닭은 허둥지둥 갈 길을 모른다. 요리 매끈 저리 매끈, 꼬꼬댁거리며 속만 태울 뿐. 그러나 바위틈에 끼여 왁살스러운 그 주먹에 모가지가 둘로 나기에는 불과 몇 분 못 걸렸다.

　그는 으슥한 숲 속으로 찾아들었다. 닭의 껍질을 홀랑 까

고서 두 다리를 들고 찢으니 배창자가 옆구리로 꿰진다. 그놈을 긁어 뽑아서 껍질과 한데 뭉쳐 흙에 묻어 버린다.

고기가 생기고 보니 연하여 나느니 막걸리 생각. 이걸 부글부글 끓여놓고 한 사발 떡 켰으면 똑 좋을 텐데 제―기. 응칠이의 고기는 어디 떨어졌는지 술집까지 못 가는 고기였다. 아무려나 고기 먹고 술 먹고 거꾸론 못 먹느냐. 그는 닭의 가슴패기를 입에 들이대고 쭉쭉 찢어 가며 먹기 시작한다. 쫄깃쫄깃한 놈이 제법 맛이 들었다. 가슴을 먹고 넓적다리, 볼기짝을 먹고 거반 반쪽을 다 해내고 나니 어쩐지 맛이 좀 적었다. 결국 음식이란 양념을 해야 하는군.

수풀 속으로 그냥 내던지고 그는 설렁설렁 내려온다. 솔숲을 빠져 화전께로 내리려 할 제 별안간 등 뒤에서

"여보게, 거 응칠이 아닌가!"

고개를 돌려 보니 대장간 하는 성팔이가 작달막한 체수에 들깝작거리며 고개를 넘어온다. 그런데 무슨 긴한 일이나 있는지 부리나케 달려들더니

"자네 응고개 논의 벼 없어진 거 아나?"

응칠이는 그만 가슴이 덜컥 내려앉았다. 이 바쁜 때 농군의 몸으로 응고개까지 애를 써 갈 놈도 없으려니와 또한 하필 절 보고 벼의 없어짐을 말하는 것이 여간 심상치 않은 일이었다.

잡담 제하고 응칠이는

"자넨 어째서 응고개까지 갔던가?"

하고 대담스레도 그 눈을 쏘아보았다. 그러나 성팔이는 조금도 겁먹는 기색 없이

"아, 어쩌다 지냈지 뭘 그래."

하며 도리어 얼레발[11]을 치고 덤비는 수작이다. 고얀 놈, 응칠이는 입때 다녀야 동무를 팔아 배를 채우는 그런 비열한 짓은 안 한다. 낯을 붉히자 눈에 물이 보이며

"어쩌다 지났다?"

응칠이가 이 동리에 들어온 것은 어느덧 달이 넘었다. 인제는 물릴 때도 되었고 좀 떠보고자 생각은 간절하나 아우의 일로 말미암아 망설거리는 중이었다.

그는 오라는 데는 없어도 갈 데는 많았다. 산으로 들로 해변으로 발부리 놓이는 곳이 즉 가는 곳이었다.

그러나 저물면은 그대로 쓰러진다. 남의 방앗간이고 헛간이고 혹은 강가, 시새장[12]. 물론 수가 좋으면 괴때기[13] 위에서 밤을 편히 잘 적도 있었다. 이렇게 해서 강원도 어수룩한 산골로 이리 넘고 저리 넘고 못 간 데 별로 없이 유람 겸 편답하였다.

그는 한 구석에 머물러 있음은 가슴이 답답할 만치 되우 괴로웠다.

그렇다고 응칠이가 본디 역마직성[14]이냐 하면 그런 것도 아니다. 그도 오 년 전에는 사랑하는 아내가 있었고 아들이 있었고 집도 있었고 그때야 어딜 하루라도 집을 떨어져 보았으

랴. 밤마다 아내와 마주 앉으면 어찌하면 이 살림이 좀 늘어 볼까 불어 볼까, 애간장을 태우며 같은 궁리를 되하고 되하였다. 마는 별 뾰족한 수는 없었다. 농사는 열심히 하는 것 같은데 알고 보면 남는 건 겨우 남의 빚뿐. 이러다가는 결말엔 봉변을 면치 못할 것이다. 하루는 밤이 깊어서 코를 골며 자는 아내를 깨웠다. 밖에 나가 우리의 세간이 몇 개나 되는지 세어 보라 하였다. 그리고 저는 벼루에 먹을 갈아 붓에 찍어 들었다. 벽을 바른 신문지는 누렇게 꺼렸다[15]. 그 위에다 아내가 불러 주는 물목 대로 일일이 내려 적었다. 독이 세 개, 호미가 둘, 낫이 하나로부터 밥사발, 젓가락, 짚이 석 단까지 그담에는 제가 빚을 얻어 온 데, 그 사람들의 이름을 쪽 적어 놓았다. 금액은 제각기 그 아래에다 달아 놓고. 그 옆으론 조금 사이를 떼어 역시 조선문[16]으로 나의 소유는 이것밖에 없노라. 나는 오십사 원을 갚을 길이 없으매 죄진 몸이라 도망하니 그대들은 아예 싸울 게 아니겠고 서로 의논하여 억울치 않도록 분배하여 가기 바라노라 하는 의미의 성명서를 벽에 남기자 안으로 문들을 걸어 닫고 울타리 밑구멍으로 세 식구 빠져나왔다.

이것이 응칠이가 팔자를 고치던 첫날이었다.

그들 부부는 돌아다니며 밥을 빌었다. 아내가 빌어다 남편에게, 남편이 빌어다 아내에게. 그러자 어느 날 밤 아내의 얼굴이 썩 슬픈 빛이었다. 눈보라는 살을 에인다. 다 쓰러져 가는 물방앗간 한구석에서 섬[17]을 두르고 언내에게 젖을 먹이며 떨고 있으니 여보게유, 하고 고개를 돌린다. 왜, 하니까 그 말이 이러다간 우리도 고생일 뿐더러 첫째 언내를 잡겠수, 그러니 서로 갈립시다 하는 것이다. 하긴 그럴 법한 말이다. 쥐뿔도 없는 것들이 붙어 다닌댔자 별수는 없다. 그보다는 서로 갈리어 제 맘대로 빌어먹는 것이 오히려 가뜬하리라. 그는 선뜻 응락하였다. 아내의 말대로 개가를 해 가서 젖먹이나 잘 키우고 몸성히 있으면 연분이 닿아 다시 만날지도 모르니깐 마지막으로 아내와 같이 땅바닥에 나란히 누워 하룻밤을 떨고 나서 날이 환해지자 그는 툭툭 털고 일어섰다.

매팔자[18]란 응칠이의 팔자이겠다.

그는 버젓이 게트림[19]으로 길을 걸어야 걸릴 것은 하나도 없다. 논 맬 걱정도, 호포 바칠 걱정도, 빚 갚을 걱정, 아내 걱정, 또는 굶을 걱정도. 회동그라니[20] 털고 나서니 팔자 중에는 아주 상팔자다. 먹고만 싶으면 도야지고, 닭이고, 개고, 언제나 옆을 떠날 새 없겠지. 그리고 돈, 돈도—

그러나 주재소[21]는 그를 노려보았다. 툭하면 오라, 가라 하는데 학질이었다. 어느 동리고 가 있다가 불행히 일만 나면 누구보다도 그부터 붙들려 간다. 왜냐하면 그는 전과 사범이었다. 처음에는 도박으로, 다음엔 절도로, 또 고담에도 절도로, 절도로— 그러나 이번 멀리 아우를 방문함은 생활이 궁하여 근대러[22] 왔다거나 혹은 일을 해 보러 온 것은 결코 아니었다. 혈족이라곤 단 하나의 동생이요 또한 오래 못 본지라 때 없이 그리웠다. 그래 모처럼 찾아온 것이 뜻밖에 덜컥 일을 만났다.

지금까지 논의 벼가 서 있다면 그것은 성한 사람의 짓이라 안 할 것이다.

응오는 응고개 논의 벼를 여태 베지 않았다. 물론 응오가 베어야 할 것이나 누가 듣지 그 형 응칠이를 먼저 의심하리라. 그럼 여기에 따르는 모든 책임을 응칠이가 혼자 지지 않으면 안 될 것이다.

응오는 진실한 농군이었다. 나이 서른하나로 무던히 철났다 하고 동리에서 쳐주는 모범 청년이었다. 그런데 벼를 베지 않는다. 남은 다들 털기까지 하련만 그는 벨 생각조차 않는 것이다.

지주라든 혹은 그에게 장리를 놓은 김참판이든 뻔질나게 찾아와 벼를 베라 독촉하였다.

"얼른 털어서 낼 건 내야지."

하면 그 대답은

"계집이 죽게 됐는데 벼는 다 뭐지유."

하고 한결같이 내뱉는 소리뿐이었다.

하기는 응오의 아내가 지금 기지사정[23]이매 틈은 없었다 하더라도 돈이 놀아서 약을 못 쓰는 이 판이니 진시 벼라도 털어야 할 것이다.

그러면 왜 안 털었던가—

그것은 작년 응오와 같이 지주 문전에서 타작을 하던 친구라면 묻지는 않으리라. 한 해 동안 애를 졸이며 홑자식 모양으로 알뜰히 가꾸던 그 벼를 거둬들임은 기쁨에 틀림없었다. 꼭두새벽부터 엣엣 하며 괴로움을 모른다. 그러나 캄캄하도록 털고 나서 지주에게 도지를 제하고, 장리쌀을 제하고 색조[24]를 제하고 보니 남는 것은 등줄기를 흐르는 식은땀이 있을 따름. 그것은 슬프다 하니보다 끝없이 부끄러웠다. 같이 털어 주던 동무들이 뻔히 보고 섰는데 빈 지게로 덜렁거리며 집으로 들어오는 건 진정 열없기 짝이 없는 노릇이었다. 참다 참다 응오는 눈에 눈물이 흘렀던 것이다.

가뜩한데[25] 엎치고 덮치더라고 올에는 고나마 흉작이었다. 샛바람과 비에 벼는 깨깨 배틀렸다[26]. 이놈을 가을하다간 먹을 게 남지 않음은 물론이요 빚도 다 못 가릴 모양. 에라, 빌어먹을 거. 너들끼리 캐다 먹든 말든 멋대로 하여라 하고 내던져 두지 않을 수 없다. 벼를 거뒀다고 말만 나면 빚쟁이들은 우— 몰려들 거니깐.

응칠이의 죄목은 여기에서도 또렷이 드러난다. 국으로[27] 가만만 있었으면 좋은 걸, 이 사품에 뛰어들어 지주의 뺨을 제법 갈긴 것이 응칠이였다.

처음에야 그럴 작정이 아니었다. 그는 여러 곳 물을 마시니만치 어지간히 속이 트인 건달이었다. 지주를 만나 까놓고 썩 좋은 소리로 의논하였다. 올 농사는 반실이니 도지도 좀 감해 주는 게 어떠냐고. 그러나 지주는 암말 없이 고개를 모로 흔들었다. 정 이러면 하여튼 일 년 품은 빼야 할 테니 나는 그놈에다 불을 지르겠수, 하여도 잠자코 응치 않는다. 지주로 보면 자기로도 그 벼는 넉넉히 거둬들일 수는 있다. 마는 한번 버릇을 잘못해 놓으면 여느 작인까지 행실을 버릴까 염려하여 겉으로 독촉만 하고 있는 터였다. 실상이야 고까짓 벼쯤 있어도 고만 없어도 고만 — 그 심보를 눈치 채고 응칠이는 화를 벌컥 낸 것만은 좋으나, 저도 모르고 대뜸 주먹뺨이 들어갔던 것이다.

이렇게 문제 중에 있는 벼인데 귀신의 놀음 같은 변괴가 생겼다. 다시 말하면 벼가 없어졌다. 그것도 병들어 쓰러진 쭉정이는 젖혀 놓고 무얼로 그랬는지 말찜[28] 이삭만 따갔다. 그 면적으로 어림하면 아마 못 돼도 한 댓 말가량은 될는지—

응칠이가 아침 일찍이 그 논께로 노닐자 이걸 발견하고 기가 막혔다. 누굴 성가시게 할려고 그러는지. 산속에 파묻힌 논이라 아직은 본 사람이 없는 모양 같다. 허나 동리에 이 소문이 퍼지기만 하면 저는 어느 모로 보든 혐의를 받아 폐는 좋이 입어야 될 것이다.

응칠이는 송이도 송이려니와 실상은 궁리에 바빴다. 속종으로 지목 할 만한 놈을 여럿 들어보았으나 이렇다 짚을 만한 증거가 없다. 어쩌면 재성이나 성팔이 이 둘 중의 짓이리라, 하고 결국 이렇게 생각던 것도 응칠이가 아니면 안 될 것이다.

원수는 외나무다리에서 만났다.

응칠이는 저의 짐작이 들어맞음을 알고 당장에 일을 낼 듯이 성팔이의 눈을 드리[29]노렸다.

성팔이는 신이 나서 떠들다가 그 눈총에 어이가 질리어 고만 벙벙하였다. 그리고 얼굴이 해쓱하여 마주 대고 쳐다보더니

"그래 자네 왜 그케 노하나. 지내다 보니깐 그렇길래 일테면 자네보구 얘기지 뭐……."

하고 뒷갈망을 못하여 우물쭈물한다.

"노하긴 누가 노해—"

응칠이는 버티던 몸에 좀 더 힘을 올리며

"응고개를 어째 갔드냐 말이지?"

"놀러 갔다 오는 길인데 우연히……."

"놀러 갔다. 거기가 노는 덴가?"

"글쎄, 그렇게까지 물을 게 뭔가. 난 응고개 아니라 서울은 못 갈 사람인가."

하다가 성팔이는 속이 타는지 코로 흐응, 하고 날숨을 길게 뽑는다.

이렇게 나오는 데는 더 물을 필요가 없었다. 성팔이란 놈도 여간내기가 아니요 구장네 솥인가 뭔가 떼다 먹고 한 번 다녀온 놈이었다. 많이 사귀지는 못했으나 동리 평판이 그놈과 같이 다니다는 엉뚱한 일 만난다 한다. 이번에 응칠이 저

역시 그 섭수[30]에 걸렸음을 알고,

"그야 응고개라구 못 갈 리 없을 테—"

하고 한 번 엇먹다[31]. 그러나 자네도 알다시피 거 어디야, 거기 바로 길이 있다든지 사람 사는 동리라면 혹 모른다 하지마는 성한 사람이야 응고개엘 뭘 먹으러 가나, 그렇지 자네야 심심하니까 하고 앞을 꽉 눌러 등을 떠본다. 여기에는 대답 없고 성팔이는 덤덤히 쳐다만 본다. 무엇을 생각했는가 한참 있더니 호주머니에서 단풍갑[32]을 꺼낸다. 우선 제가 한 개를 물고 또 하나를 뽑아내대며

"궐련[33] 하나 피게."

매우 든직한 낯을 해 보인다.

이놈이 이에 밝기가 몹시 밝은 성팔이다. 턱없이 궐렬 하나라도 선심을 쓸 궐자[34]가 아니리라, 생각은 하였으나 그렇다고 예까지 부르대는 건 도리어 저의 처지가 불리하다. 그것은 짜장 그 손에 넘는 짓이니

"야, 웬 궐련은 이래—"

하고 슬쩍 눙치며

"성냥 있겠나?"

일부러 불까지 거대게[35] 하였다.

응칠이에게 액을 떠넘기어 이용하려는 고 야심을 생각하면 곧 달려들어 다리를 꺾어 놔야 옳을 것이다. 그러나 이 마당에 떠들어 대고 보면 저는 드러누워 침 뱉기. 결국 도적은 뒤

로 잡지 앞에서 어르는 법이 아니다. 동리에 소문이 퍼질 것만 두려워하며

"여보게, 자네가 했건 내가 했건 간."

하고 과연 정다이 그 등을 툭 치고 나서

"우리 둘만 알고 동리에 말은 내지 말게."

하다가 성팔이가 이 말에 되우 놀라며 눈을 말똥말똥 뜨니

"그까짓 벼쯤 먹으면 어떤가!"

하고 껄껄 웃어 버린다.

성팔이는 한 굽 접혀 말문이 메었는지 얼떨하여 입맛만 다신다.

"아예 말은 내지 말게. 응, 알지."

하고 다시 다질 때에야 겨우 주저주저 입을 열어

"내야 무슨 말을…… 그건 염려 말게."

하더니 비실비실 몸을 돌리어 제 갈 길을 내걷는다. 그러나 저 앞고개까지 가는 동안에 두 번이나 돌아다보며 이쪽을 살피고 살피고 한 것만은 사실이었다.

응칠이는 그 꼴을 이윽히 바라보고 입 안으로 죽일 놈, 하였다. 아무리 도적이라도 같은 동료에게 제 죄를 넘겨씌우려 함은 도저히 의리가 아니다.

그건 그렇다 치고 응오가 더 딱하지 않는가. 기껏 힘들여 지어 놓았다 남 좋은 일 한 것을 안다면 눈이 뒤집힐 일이겠다.

이래서야 어디 이웃을 믿어 보겠는가—.

확실히 증거만 있어 이놈을 잡으면 대번에 요절을 내리라 결심하고 응칠이는 침을 탁 뱉어 던지고 산을 내려온다.

그런데 그놈의 행태로 가늠해 보면 응칠이 저만치는 때가 못 벗은 도적이다. 어느 미친놈이 논두렁에까지 가새[36]를 들고 오는가. 격식도 모르는 풋내기가. 그럴려면 바로 조낟가리나 수수낟가리 말이지. 그 속에 들어앉아 가새로 속닥거려야 들킬 리도 없고 일도 편하고. 두 포대고 세 포대고 마음껏 딸 수도 있다. 그러다 틈 보고 집으로 나르면 고만이지만 누가 논의 벼를 다—그렇게도 벼에 걸신이 들렸다면 바로 남의 집 머슴으로 들어가 한 달포 동안 주인 앞에 얼렁거리는 것이거니와 신용을 얻어 놨다가 주는 옷이나 얻어 입고 다들 잠들거든 볏섬이나 두둑이 짊어 메고 덜렁거리면 그뿐이다. 이건 맥도 모르는 게 남도 못살게 굴려고. 에— 이 망할 자식도. 그는 분노에 살이 다 부들부들 떨리는 듯싶었다. 그러나 이런 좀도적이란 뽕이 나기 전에는 바짝 물고 덤비는 법이었다. 오늘 밤에는 요놈을 지켰다 꼭 붙들어 가지고 정강이를 분질러 놓으리라. 밥을 먹고는 태연히 막걸리 한 사발을 껄떡껄떡 들이키자

"커—, 가을이 되니깐 맛이 한결 낫군—"

그는 주먹으로 입가를 쓱쓱 훔친 다음 송이 꾸러미에서 세 개를 뽑는다. 그리고 그걸 갈퀴같이 마른 주막 할머니 손에

내어 주며

"옜수, 송이나 잡숫게유—"

하고 술값을 치렀으나

"아이, 송이두. 고놈 참."

간사를 피는 것이 좀 시쁜[37] 모양이다. 제 딴은 한 개에 삼 전씩 치더라도 구 전밖에 안 되니깐—

응칠이는 슬며시 화가 나서 그 얼굴을 유심히 들여다보았다. 움푹 들어간 볼때기에 저건 또 왜 저리 멋없이 불거졌는지 툭 나온 광대뼈하고 치마 아래로 남실거리는 발가락은 자칫 잘못 보면 황새 발목이니 이건 언제 잡아가려고 남겨 두는 거야— 보면 볼수록 하나 이쁜 데가 없다. 한두 번 먹은 것도 아니요 언젠간 울타리께 풀을 베어 주고 술 사발이나 얻어먹은 적도 있었다. 고렇게 야멸치게 따질건 뭔가. 그는 눈살을 흘낏 맞추고는 하나를 더 꺼내어

"옜수, 또 하나 잡숫게유—"

내던져 주곤 댓돌에 가래침을 탁 뱉었다.

그제야 식성이 좀 풀리는지 그 가축[38]으로 웃으며

"아이구, 이거 자꾸 줌 어떡해—"

"어떡허긴, 자꾸 살찌게유—"

하고 한마디 툭 쏘고 일어서다가 무엇을 생각함인지 다시 툇마루에 주저앉았다.

"그런데 참 요즘 성팔이 보셨수?"

"아—니, 당최 볼 수가 없더구먼."

"술두 안 먹으러 와유?"

"안 와—"

하고는 입속으로 뭐라고 종잘거리며 의아한 낯을 들더니

"왜, 또 뭐 일이……?"

"아니유, 본 지가 하 오래니깐—"

응칠이는 말끝을 얼버무리고 고개를 돌리어 한데[39]를 바라본다. 벌써 점심때가 되었는지 닭들이 요란히 울어 댄다. 논둑의 미루나무는 부 하고 또 부 하고 잎이 날리며 팔랑팔랑 하늘로 올라간다.

"성팔이가 이 마을에서 얼마나 살았지유?"

"글쎄— 재작년 가을이지 아마."

하고 장죽을 빡빡 빨더니

"근대 또 떠난대든걸, 홍천인가 어디 즈 성님한테로 간대."

하고 그게 옳지 여기서 뭘 하느냐. 대정간이라고 일이나 많으면 모르거니와 밤낮 파리만 날리는걸. 그보다는 저의 형이 크게 농사를 짓는다니 그 뒤나 거들어 주고 국으로 얻어먹는 게 신상에 편하겠지. 그래 불일간 처자식을 데리고 아마 떠나리라고 하고

"농군은 그저 농사를 지야 돼."

"낼 술 먹으러 또 오지유—"

간단히 인사만 하고 응칠이는 다시 일어났다.

주막을 나서니 옷깃을 스치는 개운한 바람이다. 밭 둔덕의 대추는 척척 늘어진다. 머지않아 겨울은 또 오렷다. 그는 응오의 집을 바라보며 그간 죽었는지 궁금하였다.

응오는 봉당에 걸터앉았다. 그 앞 화로에는 약이 바글바글 끓는다. 그는 정신없이 드려다 보고 앉았다.

우중중한 방에서는 아내의 가쁜 숨소리가 들린다. 색색 하다가 아이구, 하고는 까부라지게 콜록거린다. 가래가 치밀어 몹시 괴로운 모양— 뽑아 줄 사이가 없어 풀들은 뜰에 엉겼다. 흙이 드러난 지붕에서 망초가 휘어청휘어청. 바람은 가끔 찾아와 싸리문을 흔든다. 그럴 적마다 문은 을씨년스럽게 삐꺽삐꺽. 이웃의 발바리는 부엌에서 한창 바쁘게 달그락거린다. 마는 아침에 아내에게 먹이고 남은 조죽밖에야. 아니 그것도 참 남편마저 긁었으니 사발에 붙은 찌꺼기뿐이리라.

"거, 다 졸았나 부다."

응칠이는 약이란 너머 졸면 못쓰니 그만 짜 먹이라 하였다. 약이라야 어제 저녁 울 뒤에서 옭아들인 구렁이지만.

그러나 응오는 듣고도 흘렸는지 혹은 못 들었는지 잠자코 고개도 안 든다.

"옜다, 송이 맛이나 봐라."

하고 형이 손을 내밀 제야 겨우 시선을 들었으나 술이 거나한 그 얼굴을 거북살스레 훑어본다. 그리고 송이를 고맙지 않게 받아 방으로 치뜨리고는

"이거나 먹어."

하다가

"뭐?"

소리를 크게 질렀다. 그래도 잘 들리지 않으므로

"뭐야 뭐야, 좀 똑똑히 하라니깐?"

하고 골피를 찌푸린다.

그러나 아내는 손짓만으로 무슨 소린지 알 수가 없다. 음성으로 치느니보다 종이 비비는 소리랄지, 그걸 듣기에는 지척도 멀었다.

가만히 보다 응칠이는 제가 다 불안하여

"뒤보겠다는 게 아니냐!"

"그럼 그렇다 말이 있어야지."

남편은 이내 짜증을 내며 몸을 일으킨다. 병약한 아내의 음성이 날로 변하여 감을 시방 안 것도 아니련만— 그는 방바닥에 늘어져 꼬치꼬치 마른 반송장을 조심히 일으켜 등에 업었다.

울 밖 밭머리에 잿간은 놓였다. 머리가 눌릴 만치 납작한 갑갑한 굴속이다. 게다 거미줄은 예제없이 엉컸다. 부춘돌 위에 내려놓으니 아내는 벽을 의지하여 웅크리고 앉는다. 그리고 남편은 눈을 멀뚱멀뚱 뜨고 지키고 섰는 것이다.

이 꼴들을 멀거니 바라보다 응칠이는 마뜩잖게 코를 횡 풀며 입맛을 다셨다. 응오의 짓이 어리석고 울화가 터져서이다.

요즘 응오가 형에게 잘 말도 않고 왜 어뜩비뜩[40] 하는지 그 속은 응칠이도 모르는 바 아닐 것이다.

응오가 이 아내를 찾아올 때 꼭 삼 년간을 머슴을 살았다. 그처럼 먹고 싶던 술 한 잔 못 먹었고 그처럼 침을 삼키던 그 개고기 한 매[41] 물론 못 샀다. 그리고 사경을 받는 대로 꼭꼭 장리를 놓았으니 후일 선채로 썼던 것이다. 이렇게까지 근사를 모아 얻은 계집이련만 단 두 해가 못 가서 이 꼴이 되고 말았다.

그러나 이 병이 무슨 병인지 도시 모른다. 의원에게 한 번이라도 변변히 보여 본 적이 없다. 혹 안다는 사람의 말인즉 노점[42]이니 어렵다 하였다. 돈만 있다면이야 노점이고 염병이고 알 바가 못될 거로되 사날 전 거리로 쫓아나오며

"성님."

하고 팔을 챌 적에는 응오도 어지간히 급한 모양이었다.

"왜?"

응칠이가 몸을 돌리니 허둥지둥 그 말이, 인제는 별도리가 없다. 있다면 꼭 한 가지가 남았으니 그것은 엊그저께 산신을 부리는 노인이 이 마을에 오지 않았는가. 그 도인이 응오를 특히 동정하여 십오 원만 들여 산치성을 올리면 씻은 듯이 낫게 해 주리라는데

"성님은 언제나 돈 만들 수 있지유?"

"거, 안 된다. 치성드려 날 병이 그냥 안 낫겠니."

하여 여전히 딱 떼고, 그러게 내 뭐래던 애전에 계집 다 내버리고 날 따라나서랬지, 하고

"그래 농군의 살림이란 제 목매기라지!"

그러나 아우가 암말 없이 몸을 획 돌리어 집으로 들어갈 제 응칠이는 속으로 또 괜한 소리를 했구나, 하였다.

응오는 도로 아내를 업어다 방에 뉘었다. 약은 다 졸았다. 물이 식기 전 짜야 할 것이다. 식기를 기다려 약사발을 입에 대어주니 아내는 군말 없이 그 구렁이물을 껄떡껄떡 들이마신다.

응칠이는 마당에 우두커니 앉았다. 사람의 목숨이란 과연 중하군, 하였다. 그러나 계집이라는 저 물건이 그렇게 떼기 어렵도록 중할까, 하니 암만해도 알 수 없고

"너 참 요건 너 성팔이 알지?"

"……"

"너허구 친하냐?"

"……"

"성이 뭐래는데 거 대답 좀 하렴."

하고 소리를 빽 질러도 아우는 대답은 말고 고개도 안 든다.

그러나 응칠이는 하늘을 쳐다보고 트림만 끄윽, 하고 말았다. 술기가 코를 콱콱 찔러야 할 터인데 이건 풋김치 냄새만 코밑에서 뱅뱅 돈다. 공짜 김치만 퍼먹을 게 아니라 한잔 더 했으면 좋았을걸. 그는 일어서서 대를 허리에 꽂고 궁둥이의 흙을 털었다. 벼 도둑맞은 이야기를 할까, 하다가 아서라 가

뜩이나 울상이 속이 쓰릴 것이다. 그보다는 이놈을 잡아놓고 나중 희짜를 뽑는 것이 점잖겠지.

그는 문밖으로 나와 버렸다.

답답한 아우의 살림을 보니 역 답답하든 제 살림이 연상되고 가슴이 두목 답답하였다.

이런 때에는 무가 십상이다. 사실 하느님이 무를 마련해 낸 것은 참으로 은혜로운 일이다. 맥맥할[43]때 한 개를 씹고 보면 끌꺽하고 쿡 치는 그 맛이 좋고. 남의 무밭에 들어가 하나를 쑥 뽑으니 가랑무. 이키. 이거 오늘 운수 대통이로군. 내던지고 그담 놈을 뽑아들고 개울로 내려온다. 물에 쓱쓰윽 닦아서는 꽁지는 이로 베어 던지고 어썩 깨물어 붙인다.

개울 둔덕에 포플러는 호젓하게도 매초롬히[44] 컸다. 자갈돌은 고 밑에 옹기종기 모였다. 가생이[45]로 잔디가 소보록하다. 응칠이는 나가자 빠져 마을을 건너다보며 눈을 멀뚱멀뚱 굴리고 누웠다. 산에 뺑뺑 둘리어 숨이 콕 막힐 듯한 그 마을.

아리랑 아리랑 아라리요
아리랑 띠어라 노다 가세
증기차는 가자고 왼 고동 트는데
정든 님 품 안고 낙루낙루
아리랑 아리랑 아라리요
아리랑 띠어라 노다 가세

낼 갈지 모레 갈지 내 모르는데
옥씨기 강낭이는 심어 뭐 하리
아리랑 아리랑 아라리요
아리랑 띄어라……

그는 콧노래를 이렇게 흥얼거리다 갑작스레 강릉이 그리웠다. 펄펄 뛰는 생선이 좋고 아침 햇발에 비끼어 힘차게 출렁거리는 그 물결이 좋고. 이까짓 둠 구석에서 쪼들리는 데 대다니. 그래도 제 딴은 무어 농사 좀 지었답시고 약을 복복 쓰며 잘도 떠들어 댄다. 하지만 그런 중에도 어디선가 형언치 못할 쓸쓸함이 떠돌지 않고 있는 것도 아니다. 삼십여 년 전 술을 빚어 놓고 쇠를 울리고 흥에 질려 어깨춤을 덩실거리고 이러던 가을과는 저 딴 쪽이다. 가을이 오면 기쁨에 넘쳐야 될 시골이 점점 살기만 띠어옴은 웬일일꼬. 이렇게 보면 재작년 가을 어느 밤 산중에서 낫으로 사람을 찍어 죽인 강도가 문득 머리에 떠오른다. 장을 보고 오는 농군을 농군이 죽였다. 그것도 많이나 되었으면 모르되 빼앗은 것이 한껏 동전 네 닢에 수수 일곱 되. 게다 흔적이 탄로 날까 하여 낫으로 그 얼굴의 껍질을 벗기고 조기의 대가리 이기듯 끔찍하게 남기고 조긴[46] 망나니다. 흉악한 자식. 그 알량한 돈 사전에 나 같으면 가여워 덧돈을 주고라도 왔으리라. 이번 놈은 그따위 각다귀[47]나 아닐는지 할 때 찬 김과 아울러 치미는 소름에 머리

끝이 다 쭈뼛하였다. 그간 아우의 농사를 대신 돌봐주기에 이럭저럭 날이 늦었다. 오늘 밤에는 이놈을 다리를 꺾어 놓고 내일쯤은 봐서 설렁설렁 뜨는 것이 옳은 일이겠다. 이 산을 넘을까 저 산을 넘을까 주저거리며 속으로 점을 치다가 슬그머니 코를 골아올린다.

밤이 내리니 만물은 고요히 잠이 든다. 검푸른 하늘에 산봉우리는 울퉁불퉁 물결을 치고 흐릿한 눈으로 별은 떴다. 그러다 구름떼가 몰려 닥치면 캄캄한 절벽이 된다. 또한 마을 한복판에는 거친 바람이 오락가락 쓸쓸히 궁굴고 이따금 코를 찌름은 후련한 산사 냄새. 북쪽 산 밑 미루나무에 싸인 주막이 있는데 유달리 불이 반짝인다. 노세, 노세, 젊어서 놀아. 노랫소리는 나직나직 한산히 흘러온다. 아마 벼를 뒷심[48] 대고 외상이리라.

응칠이는 잠자코 벌떡 일어나 바깥으로 나섰다. 그리고 다 나와서야 그 집 친구에게 눈치를 안 채이도록

"내 잠깐 다녀옴세."

"어딜 가나?"

친구는 웬 영문을 몰라서 뻔히 쳐다보다 밤이 이렇게 늦었으니 나갈 생각 말고 어여 이리 들어와 자라 하였다. 기껏 둘이 앉아서 개코 쥐코 떠들다가[49] 급작이 일어서니깐 꽤 이상한 모양이었다.

"건넛마을 가 담배 한 봉 사 올라구."

"담배 여있는데 또 사 뭐 하나?"

친구는 호주머니에서 굳이 희연 봉을 꺼내어 손에 들어 보이더니

"이리 들어와 섬이나 좀 쳐 주게."

"아 참, 깜빡……."

하고 응칠이는 미안스러운 낯으로 뒤통수를 긁죽긁죽한다. 하기는 섬을 좀 쳐달라구 며칠째 당부하는 걸 노름에 몸이 팔리어 고만 잊고 잊고 했던 것이다. 먹고 자고 이렇게 신세를 지면서 이건 썩 안됐다, 생각은 했지마는

"내 곧 다녀올걸 뭐……."

어정쩡하게 한마디 남기곤 그 집을 뒤에 남긴다. 그러나 이 친구는

"그럼 곧 다녀오게."

하고 때를 재촉하는 법은 없었다. 언제나 여일같이

"그럼 잘 다녀오게."

이렇게 그 신상만 편하기를 비는 것이다.

응칠이는 모든 사람이 저에게 그 어떤 경의를 갖고 대하는 것을 가끔 느끼고 어깨가 으쓱거린다. 백판 모르는 사람도 데리고 앉아서 몇 번 말만 좀 하면 대번 구부러진다. 그렇게 장한 것인지 그 일을 하다가, 그 일이라야 도적질이지만, 들어가 욕보던 이야기를 하면 그들은 눈을 커다랗게 뜨고

"아이구, 그걸 어떻게 당하셨수!"

하고 적이 놀라면서도

"그래 그 돈은 어떻게 했수?"

"또 그럴 생각이 납디까유?"

"참, 우리 같은 농군에 대면 호강살이유!"

하고들 한편 썩 부러운 모양이었다. 저들도 그와 같이 진탕 먹고 살고는 싶으나 주변 없어 못하는 그 울분에서 그런 이야기만 들어도 다소 위안이 되는 것이다. 응칠이는 이걸 잘 알고 그 누구를 논에다 거꾸로 박아 놓고 달아나다가 붙들려서 경치던 이야기를 부지런히 하며

"자네들은 아직 멀었네, 멀었어—"

하고 흰소리를 치면, 그들은 옳다는 뜻이겠지 묵묵히 고개만 꺼덕꺼덕하며 속없이 술을 사 주고 담배를 사 주고 하는 것이다.

그런데 이번 벼를 훔쳐 간 놈은 응칠이를 마구 넘보는 모양 같다.

이렇게 생각하면 응칠이는 더욱 괘씸하였다. 그는 물푸레 몽둥이를 벗 삼아 논둑길을 질러서 산으로 올라간다.

이슥한 그믐은 칠야—

길은 어둡고 흐릿한 언저리만 눈앞에 아물거린다.

그 논까지 칠 마장은 느긋하리라. 이 마을을 벗어나는 어귀에 고개 하나를 넘는다. 또 하나를 넘는다. 그러면 그담 고개와 고개 사이에 수목이 울창한 산 중턱을 비겨대고 몇 마지기의 논이 놓였다. 응오의 논은 그중의 하나였다. 길에서 썩

들어앉은 곳이라 잘 뵈도 않는다. 동리에 그런 소문이 안 났을 때에는 천행으로 본 놈이 없을 것이나 반드시 성팔이의 성행임에는—

응칠이는 공동묘지의 첫 고개를 넘었다. 그리고 다음 고개의 마루턱을 올라섰을 때 다리가 주춤하였다. 저 왼편 높은 산고랑에서 불이 반짝하다 꺼진다. 짐승 불로는 너무 흐리고 —아—하, 이놈들이 또 왔군. 그는 가던 길을 옆으로 새었다. 더듬더듬 나뭇가지를 짚으며 큰 산으로 올라탄다. 바위는 미끌려 내리며 발등을 찧는다. 딸기 가시에 종아리는 따갑고 엉금엉금 기어서 바위를 끼고 감돈다.

산, 거반 꼭대기에 바위와 바위가 어깨를 맞대고 움쑥 들어간 굴이 있다. 풀들은 뻗치어 굴문을 막는다.

그 속에 돌아앉아서 다섯 놈이 머리들을 맞대고 수군거린다. 불빛이 샐까 염려다. 남폿불을 얕이 달아 놓고 몸들을 바싹바싹 여미어 가린다.

"어서 후딱후딱 쳐, 갑갑해서 온—"

"이번엔 누가 빠지나?"

"이 사람이지, 뭘 그래."

"다시 섞어, 어서 이따위 수작이야."

하고 한 놈이 골을 내고 화투를 빼앗아 제 손으로 섞다가 깜짝 놀란다. 그리고 버썩 대드는 응칠이를 벙벙히 쳐다보며 얼떨한다.

그들은 응칠이가 오는 것을 완고척히[50] 싫어하는 눈치였다. 이런 애송이 노름판인데 응칠이를 들였다가는 맥을 못쓸 것이다. 속으로는 되우 꺼렸다마는 그렇다고 응칠이의 비위를 건드림은 더욱 좋지 못하므로.

"아, 응칠인가? 어서 들어오게."

하고 선웃음을 치는 놈에

"난 올 듯하기에, 자넬 기다렸지."

하며 어수대는[51] 놈.

"하여튼 한 케[52] 떠보세."

이놈들은 손을 잡아들이며 썩들 환영이었다.

응칠이는 그 속으로 들어서며 무서운 눈으로 좌중을 한번 훑어보았다.

그런데 재성이도 그 틈에 끼어 있는 것이 아닌가. 사날 전만 해도 응칠이더러 먹을 양식이 없으니 돈 좀 취하라던 놈이. 의심이 부썩 일었다. 도적이란 흔히 이런 노름판에서 씨가 퍼진다. 고 옆으로 기호도 앉았다. 이놈은 며칠 전 제 계집을 팔았다. 그 돈으로 영동 가서 장사를 하겠다던 놈이 노름을 왔다. 제깐 주제에 딸 듯싶은가. 하나는 용구. 농사엔 힘 안 쓰고 노름에 몸이 달았다. 시키는 부역도 안 나온다고 동리에서 손도[53]를 맞은 놈이다. 그리고 남의 집 머슴 녀석. 뽐을 내고 멋없이 점잔을 피우는 중늙으니 상투쟁이. 이 물건은 어서 날라왔는지 보도 못하던 놈이다. 체, 이것들이 뭘 한다고.

응칠이는 기호의 등을 꾹 찍어 가지고 밖으로 나왔다.

외딴곳으로 데리고 와서

"자네 돈 좀 없겠나?"

하고 돌아서다가

"웬걸 돈이 어디……."

눈치만 남고 어름어름하니

"아내와 갈렸다지, 그 돈 다 뭐했나?"

"아, 이 사람아. 빚 갚았지—"

기호는 눈을 내리깔며 매우 거북한 모양이다.

오른편 엄지로 한 코를 막고 흥 하고 내뽑더니 빚에 졸리어 죽을 뻔했네 하고 묻지 않은 발뺌까지 얹어서 설대[54]로 등어리를 긁죽긁죽한다.

그러나 응칠이는 속으로 이놈 하였다.

응칠이는 실눈을 뜨고 기호를 유심히 쏘아 주었더니

"꼭 사 원 남았네."

하고 선뜻 알리고

"빚 값고 뭐하고 흐지부지 녹았어—"

어색하게도 혼잣말로 우물쭈물 웃어 버린다.

응칠이는 퉁명스러이

"나 이 원만 최게.[55]"

하고 손을 내대다 그래도 잘 듣지 않으매

"따서 둘이 나눌 테야, 누가 떼먹나—"
하고 소리가 한 번 빽 안 나올 수 없다.

이 말에야 기호도 비로소 안심한 듯, 저고리 섶을 쳐들고 흠칫거리다 주뼛주뼛 꺼내 놓는다. 딴은 응칠이의 솜씨면 낙자는 없을 것이다. 설혹 재간이 모자라 잃는다면 우격[56]이라도 도로 몰아갈 게니깐.

"나두 한 케 떠보세."

응칠이는 우자스레[57] 굴로 기어든다. 그 콧등에는 자신 있는 그리고 흡족한 미소가 떠오른다. 사실이지 노름만치 그를 행복하게 하는 건 다시 없었다. 슬프다가도 화투나 투전장을 손에 들면 공연스레 어깨가 으쓱거리고 아무리 일이 바빠도 노름판은 옆에 못 두고 지난다. 그는 이놈 저놈의 눈치를 슬쩍 한 번 훑고

"두 패루 나누지?"

응칠이는 재성이와 용구를 데리고 옆으로 비켜 앉았다. 그리고 신바람이 나서 화투를 섞다가 손을 따악 짚으며

"튀전이래지 이깐 화투는 하튼 뭘 할 텐가 녹빼낀가 켤 텐가?"

"약단이나 그저 보지—"

사방은 매섭게 조용하였다. 바위 위에서 혹 바람에 모래 구르는 소리뿐이다. 어쩌다

"옛다, 봐라."

하고 화투짝이 쩔꺽한다. 그러고는 다시 쥐 죽은 듯 잠잠하다.

그들은 이욕에 몸이 달아서 이야기고 뭐구 할 여지가 없다. 행여 속지나 않는가, 하얀 눈들이 빨개서 서로 독을 올린다. 어떤 놈이 뜨는 놈이고 어떤 놈이 뜯기는 놈인지 영문 모른다.

"이거 왜 수짜질[58]이야."

용구가 골을 벌컥 내며 쳐다본다.

"뭐가?"

"뭐라니? 아, 이 공산 자네 밑에서 빼내지 않았나?"

"봤으면 고만이지 그렇게 노할 건 또 뭔가."

응칠이는 어설피 입맛을 쩍쩍 다시다

"그럼 이번엔 파토[59]지?"

하고 손의 화투를 땅에 내던지며 껄껄 웃어 버린다.

이때 한옆에서 별안간

"이 자식, 죽인다—"

악을 쓰는 것이니 모두들 놀라며 시선을 모은다. 머슴이 마주 앉은 상투의 뺨을 갈겼다. 말인즉 매조 다섯 끗을 엎어쳤다, 고—

허나 정말은 돈을 잃은 것이 분한 것이다. 이 돈이 무슨 돈이냐 하면 일 년 품을 판 피 묻은 사경이다. 이런 돈을 송두리째 먹다니.

"이 자식, 너는 야마시꾼이지. 돈 내라."

멱살을 움켜잡고 다시 두 번을 때린다.

"허, 이눔이 왜 이래누, 어른을 몰라보구."

상투는 책상다리를 잡숫고 허리를 쓰윽 펴더니 점잖이 호령한다. 자식뻘 되는 놈에게 뺨을 맞는 건 말이 좀 덜 된다. 약이 올라서 곧 일을 칠 듯이 엉덩이를 번쩍 들었으나 그러나 그대로 주저앉고 말았다. 악에 바짝 받친 놈을 건드렸다는 결국 이쪽이 손해다. 더럽단 듯이 허허 웃고

"버릇없는 놈 다 봤고!"

하고 꾸짖은 것은 잘됐으나 기어이 어이쿠 하고 그 자리에 푹 엎어진다. 이마가 터져서 피는 흘렀다. 어느 틈엔가 동맹이가 날아와 이마의 가죽을 터친 것이다.

응칠이는 싱글거리며 굴을 나섰다. 공연스레 쑥스럽게 일이나 벌어지면 성가신 노릇이다. 그리고 돈 백이나 될 줄 알았더니 다 봐야 한 사십 원 될까 말까. 그걸 바라고 어느 놈이 앉았는가.

그가 딴 것은 본밑을 알라[60] 구 원하고 팔십 전이다. 기호에게 오 원을 내 주고

"자, 반이 넘네, 자네 계집 잃고 돈 잃고 호강이겠네."

농담으로 비웃어 던지고는 숲으로 설렁설렁 내려온다.

"여보게. 자네에게 청이 있네."

재성이 목이 말라서 바득바득 따라온다. 그 청이란 묻지

않아도 알 수 있었다. 저에게 돈을 다 빼앗기곤 구문[61]이겠지. 시치미를 딱 떼고 나 갈 길만 걷는다.

"여보게, 응칠이. 아 내 말 좀 들어."

그제야 팔을 잡아낚으며 살려 달라 한다. 돈을 좀 늘릴까, 하고 벼 열 말을 팔아 해 보았더니 다 잃었다고. 당장 먹을 게 없어 죽을 지경이니 노름 밑천이나 하게 몇 푼 달라는 것이다. 그러나 벼를 털었으면 거저먹을 게지 어쭙잖게 노름은—

"그런 걸 왜 너보고 하랬어?"

하고 돌아서며 소리를 뻑 지르다가 가만히 보니 눈에 눈물이 글썽하다. 잠자코 돈 이 원을 꺼내 주었다.

응칠이는 들에 앉아서 팔짱을 끼고 덜덜 떨고 있다.

사방은 빙— 돌리어 나무에 둘러싸였다. 거무투룩한 그 형상이 헐없이 무슨 도깨비 같다. 바람이 불 적마다 쏴— 하고 쏴— 하고 음충맞게 건들거린다. 어느 때에는 쨱쨱 하고 목을 따는지 비명도 울린다.

그는 가끔 뒤를 돌아보았다. 별일은 없을 줄 아나 혹 뭐가 덤벼들지도 모른다. 서낭당은 바로 등 뒤다. 족제빈지 뭔지, 요동 통에 돌이 무너지며 바스락바스락한다. 그 소리가 묘— 하게도 등줄기를 쪼옥 긋는다. 어두운 꿈속이다. 하늘에서 이슬은 내리어 옷깃을 축인다. 공포도 공포려니와 냉기로 하여 좀체로 견딜 수가 없었다.

산골은 산신까지도 주렸으렷다. 아들 낳아 달라고 떡 갖다 바칠 이 없을 테니까. 이놈의 영감님 홧김에 덥석 달려들면. 앞뒤를 다시 한 번 휘돌아본 다음 설대를 뽑는다. 그리고 오금팽이로 불을 가리고는 한 대 뻑뻑 피어 물었다. 논은 여남은 칸 떨어져 고 아래 누웠다. 일심정기를 다하여 나무 틈으로 뚫어 보고 앉았다. 그러나 땅에 대를 털려니깐 풀숲이 이상스러이 흔들린다. 뱀, 뱀이 아닌가. 구시월 뱀이라니 물리면 고만이다. 자리를 옮겨 앉으며 손으로 입을 막고 하품을 터친다.

아마 두어 시간은 더 넘었으리라. 이놈이 필연코 올 텐데 안 오니 이 또 무슨 조활가. 이 짓이란 소문이 나기 전에 한 번 더 와 보는 것이 원칙이다. 잠을 못 자서 눈이 뻑뻑한 것이 제물에 슬금슬금 감긴다. 이를 악물고 눈을 됩쓰면[62] 이번에는 허리가 노글거린다. 속은 쓰리고 골치는 때리고. 불꽃 같은 노기가 불끈 일어서 몸을 옥죄인다. 이놈의 다리를 못 꺾어놔도 애비 없는 호래자식이겠다.

닭들이 세 홰를 운다. 멀—리 산을 넘어오는 그 음향이 퍽은 서글프다. 큰 비를 몰아드는지 검은 구름이 잔뜩 낀다. 하긴 지금도 빗방울이 뚝뚝 떨어진다.

그때 논둑에서 희끄무레한 허깨비 같은 것이 얼씬거린다. 정신을 바짝 차렸다. 영락없이 성팔이, 재성이 그들 중의 한 놈이리라. 이 고생을 시키는 그놈! 이가 북북 가리고 어깨가 다 식식거린다. 몽둥이를 잔뜩 우려 쥐었다. 그리고 벌떡 일어나서 나무줄기를 끼고 조심조심 돌아내린다. 하나 도랑쯤 내려오다가 그는 멈씰하여 몸을 뒤로 물렸다. 늑대 두 놈이 짝을 짓고 이편 산에서 저편 산으로 설렁설렁 건너가는 길이었다. 빌어먹을 늑대, 이것까지 말썽이람. 이마의 식은땀을 씻으며 도로 제자리로 돌아온다. 어쩌면 이번 이놈도 재작년 강도 짝이나 안 될는지. 급시로 불길한 예감이 뒤통수를 탁 치고 지나간다.

그는 옷깃을 여미며 한 대를 더 붙였다. 돌연히 풍세는 심하여진다. 산골짜기로 몰아드는 억센 놈이 가끔 발광이다. 다시금 더르르 몸을 떨었다. 가을은 왜 이 지경인지 여기에서 밤 새울 생각을 하니 기가 찼다.

얼마나 되었는지 몸을 좀 녹이고자 일어나 서성서성할 때였다. 논으로 다가오는 희미한 그림자를 분명히 두 눈으로 보았다. 그러고 보니 피로고, 한고[63]이구 다 딴소리다. 고개를 내대고 딱 버티고 서서 눈에 쌍심지를 올린다.

흰 그림자는 어느 틈엔가 어둠 속에 사라져 보이지 않는다. 그리고 다시 나올 줄을 모른다. 바람 소리만 왱왱 칠 뿐이다. 다시 암흑 속이 된다. 확실히 벼를 훔치러 논 속으로 들어갔을 것이다. 여깽이[64] 같은 놈이 궂은 날씨를 기회 삼아 맘껏 하겠지. 의리 없는 썩은 자식, 격장[65]에서 같이 굶는 터에— 오냐 대거리만 있어라. 이를 한 번 부윽 갈아붙이고 차츰차츰 논께로 내려온다.

응칠이는 논께로 바특이 내려서서 소나무에 몸을 착 붙였다. 설불리 서둘다간 낫의 횡액을 입을지도 모른다. 다 훔쳐 가지고 나올 때만 기다린다.

 몽둥이는 잔뜩 힘을 올린다.

 한 식경쯤 지났을까, 도적은 다시 나타난다. 논둑에 머리만 내놓고 사면을 두리번거리더니 그제야 기어 나온다. 얼굴에는 눈만 내놓고 수건인지 뭔지 헝겊이 가렸다. 봇짐을 등에 짊어 메고는 허리를 구붓이 뺑소니를 놓는다. 그러자 응칠이가 날쌔게 달겨들며

 "이 자식, 남우 벼를 훔쳐 가니—"
하고 대포처럼 고함을 지르니 논둑으로 고대로 데굴데굴 굴러서 떨어진다. 얼결에 호되게 놀란 모양이었다.

 응칠이는 덤벼들어 우선 허리께를 내려 조졌다. 어이쿠쿠, 쿠— 하고 처참한 비명이다. 이 소리에 귀가 뻔쩍 띄어 그 고개를 들고 피륙부터 벗겨 보았다. 그러나 너무나 어이가 없었음인지 시선을 치걷으며 그 자리에 우두망찰[66]한다.

 그것은 무서운 침묵이었다. 살풍맞은 바람만 공중에서 북새를 논다.

 한참을 신음하다 도적은 일어나더니

 "성님까지 이렇게 못살게 굴기유?"

 제법 눈을 부라리며 몸을 홱 돌린다. 그리고 느끼며 울음이 복받친다. 봇짐도 내버린 채

"내 것 내가 먹는데 누가 뭐래?"
하고 되퉁스러이 내뱉고는 비틀비틀 논 저쪽으로 없어진다.

형은 너머 꿈속 같아서 멍하니 섰을 뿐이다. 그러나 얼마 지나서 한 손으로 그 봇짐을 들어본다. 가뿐하니 끽 말가웃이나 될는지. 이까짓 걸 요렇게까지 해 가려는 그 심정은 실로 알 수 없다. 벼를 논에다 도로 털어 버렸다. 그리고 아내의 치마이겠지. 검은 보자기를 척척 개서 들었다. 내 걸 내가 먹는다— 그야 이를 말이랴, 하나 내 걸 내가 훔쳐야 할 그 운명도 얄궂거니와 형을 배반하고 이 짓을 벌인 아우도 아우이렷다. 에—이 고얀 놈, 할 제 볼을 적시는 것은 눈물이다. 그는 주먹으로 눈을 쓱 부비고 머리에 번쩍 떠오르는 것이 있으니 두리두리한 황소의 눈깔. 시오 리를 남쪽 산속으로 들어가면 어느 집 바깥 뜰에 밤마다 늘 매여 있는 투실투실한 그 황소. 아무렇게 따지던 칠십 원은 갈 데 없으리라. 그는 부리나케 아우의 뒤를 밟았다.

공동묘지까지 거반 왔을 때에야 가까스로 만났다. 아우의 등을 탁치며

"얘, 좋은 수 있다. 네 원대로 돈을 해 줄게 나하구 잠깐 다녀오자."

씩씩한 어조로 기쁘도록 달랬다. 그러나 아우는 입 하나 열려 하지 않고 그대로 실쭉하였다. 뿐만 아니라 어깨 위에 올려놓은 형의 손을 부질없단 듯이 몸으로 털어 버린다. 그리고 삐

익 달아난다. 이걸 보니 하 엄청이 나고 기가 콱 막혔다.

"이놈아!"

하고 악에 받치어

"명색이 성이라며?"

대뜸 몽둥이는 들어가 그 볼기짝을 후려갈겼다. 아우는 모루 몸을 꺾더니 시나브로 찌그러진다. 뒤미처 앞정강이를 때렸다, 등을 팼다. 일어나지 못할 만치 매는 내렸다. 체면을 불구하고 땅에 엎드려 엉엉 울도록 매는 내렸다.

홧김에 하긴 했으되 그 꼴을 보니 또한 마음이 편할 수 없다. 침을 퉤 뱉어 던지곤 팔자 드센 놈이 그저 그러지 별수 있나. 쓰러진 아우를 일으켜 등에 업고 일어섰다. 언제나 철이 날는지 딱한 일이었다. 속 썩는 한숨을 후— 하고 내뿜는다. 그리고 어청어청 고개를 묵묵히 내려온다.

- 주석
- 작품 해설
- 작가 연보

주석

* 봄봄

1 성례 결혼(혼인)예식을 치름.
2 짜장 정말로.
3 벙벙하다 어리둥절하다.
4 내외를 하다 가족 이외의 남녀 사이에 서로 얼굴을 마주 대하지 않고 피함.
5 모를 붓다 밭이나 논에 못자리를 만들고 볍씨를 뿌리다.
6 거불지다 둥글고 두두룩하게 툭 비어져 나오다.
7 내병 속병. 소화기 계통의 병. 특히 위장병을 가르킴.
8 숲 숱. 풀이나 머리털 따위의 불량을 세는 단위. 여기서는 풀 한 웅큼을 의미.
9 잡은참 곧바로. 그 즉시.
10 마름 땅 주인 대신 소작지를 관리하는 사람.
11 호박개 벼대가 굵고 털이 북실북실한 개.
12 애벌논 해마다 처음 매는 논.
13 안달재신 안달을 하며 미리부터 돈을 먹이고 술도 먹이는 것.
14 돌라안는다 남의 것을 빼돌려 가지다.
15 갈 참나무. 여기서는 상수리나무 등의 잎이 핀 가지를 의미.
16 골김에 홧김에.
17 사경 농가에서 머슴에게 주는 연봉.
18 어름어름 말이나 행동을 분명히 하지 못하고 우물쭈물하는 모양.
19 대리 '다리'의 황해도 방언.
20 헐없이 영락없이.
21 혹혹히 톡톡히.
22 깨박치다 세차게 메어치거나 넘어뜨리다.
23 되알지다 힘차고 야무지다.
24 당조짐 정신을 차리도록 단단히 단속하고 조임.
25 쟁그럽다 하는 행동이 괴상하여 얄밉다. 고소하다.

26 귀정(歸正) 일이 바른 길로 들어섬. 여기서는 판결을 의미.
27 정장(呈狀) 탄원서. 소송장을 관청에 바침.
28 지다위 허물을 남에게 덮어씌우는 일.
29 훅닥이다 세차게 다그치다.
30 전수히 전부.
31 되우 '몹시, 매우'의 강원도 방언.
32 관격 급체(急滯).
33 힁하케 지체하지 않고 매우 빨리 가는 모양.
34 까세다 세차게 치다. 두들겨 패다.
35 희연 일제 시대 생산된 담배의 상표.
36 악장 악을 쓰며 싸우는 짓.
37 내려조기다 내리조기다. 냅다 두들기거나 때리다.

* 동백꽃

1 홧소리 닭이나 새가 날개를 벌리고 탁탁 치는 소리.
2 대강이 '머리'의 속된 말.
3 실팍하다 사람이나 물건 따위가 보기에 매우 실하다.
4 덩저리 '덩치'의 강원도 방언.
5 해내다 상대방을 여지없이 이겨 내다.
6 면두 '볏'의 강원도 방언.
7 쪼간 사건. 어떤 사건이나 작간.
8 쌩이질 쓸데없이 남을 귀찮게 구는 일.
9 항차 황차. 하물며.
10 배재 땅을 소작할 수 있는 권리.
11 양식이 달리다 양식이 부족하다는 의미.

12 줴지르다 쥐어 지르다. 주먹으로 힘껏 내지르다.
13 배냇병신 선천성 기형을 이르는 말.
14 열벙거지 매우 급하게 치밀어 오르는 화증.
15 대거리 상대하여 대듦. 또는 그런 언행.
16 턱 그만한 정도.
17 하비다 손톱 등으로 조금 긁어 파다.
18 감때사납다 억세고 사납다.
19 쟁그럽다 경쟁자의 실패가 마음이 간지러울 정도로 썩 고소하다.
20 뻐드러지다 부드럽던 것이 굳어지다.
21 싱둥겅둥 건성건성.
22 호들기 '호드기'의 강원도 방언. 버들가지 통껍질이나 밀짚따위로 만든 피리.
23 걱실걱실히 성질이 너그러워 말과 행동이 시원시원하다.

* 이런 음악회

1 우와기 '윗옷'의 일본어.
2 겁겁하다 성미가 급하고 참을성이 없다.
3 떠름하다가 좀 얼떨떨한 느낌이 있다.
4 꺼떡꺼떡하다 고개나 손목 따위를 아래위로 자꾸 크고 세게 움직이다.
5 복장 가슴 한복판.

* 두포전

1 양주 '부부'를 남이 대접하여 부르는 말.
2 모질음 고통을 이겨 내려고 모질게 쓰는 힘.

3 허뿔싸 몹시 놀라 하는 말.
4 바랑 승려가 등에 지고 다니는 자루 모양의 큰 주머니.
5 입쌀 잡곡에 대하여 멥쌀을 이르는 말.
6 장 항상. 늘.
7 궤때기 나무로 상자처럼 만든 그릇을 속되게 부르는 말.
8 염낭 끈을 좌우로 꿰어서 여닫는 주머니.
9 전죄 전생에 지은 죄.
10 이대도록 '이다지'의 방언. 이렇게까지.
11 고대 이제 막.
12 저저이 낱낱이. 모두.
13 치사 고맙다는 뜻을 나타냄.
14 가뭇없다 찾을 길이 없다.
15 암죽 어린아이에게 젖 대신 먹이는 맑은 죽.
16 주접 사람이나 생물이 탈이 생기거나 하여 제대로 잘 자라지 못하는 일.
17 후무리다 남의 물건을 슬쩍 휘돌아 제 것으로 만들다.
18 통 '온통'의 준말.
19 들메 들메끈. 신을 벗어지지 않게 조여 매는 끈.
20 험구덕 남의 흠을 들추어 헐뜯는 말.
21 육모방망이 역졸·포졸들이 쓰던 여섯 모가 진 방망이.
22 나달 날과 달. 때.
23 고팽이 새끼줄을 빙 두른 한 돌림.
24 화광 불빛.
25 한 식경 한 차례 식사를 할 만큼의 한참 동안.
26 시나브로 모르는 사이에 조금씩.
27 열파 파열.
28 산화 산에 정성으로 제사를 지내지 않아 입는다는 재앙.
29 판수 점치는 일을 업으로 삼는 소경이나 무당.

30 짜위 짬짜미. 남모르게 자기들끼리만 짜고 하는 약속.
31 떼 뿌리째 떠낸 잔디.
32 인시 상오 3시부터 5시까지의 시간.
33 연해 계속해.
34 연만하다 나이가 많다.
35 무르춤하다 놀라 갑자기 움직임을 멈추고 뒤로 물러서려 하다.
36 다스리기는사려 다스리기는커녕.

* **땡볕**

1 바상바상한 물기가 없어 마른.
2 부대하다 크고 뚱뚱하다.
3 육조배판 여기서는 한참 횡재를 꿈꾸고 있는 상황을 의미.
4 껵지다 꿋꿋하고 억세다.
5 겸삼수삼 겸사겸사. 한꺼번에 여러 가지 일을 아울러 하다.
6 궁겁다 궁금하다.
7 옆땡이 '옆'의 비속어.
8 대미처 뒤미처.
9 소문(小門) 여자의 음부를 완곡하게 이르는 말.
10 사불여의(事不如意) 일이 뜻대로 되지 아니함.
11 맨망스럽다 요망스레 까부는 태도가 있다.
12 살똥맞다 당돌하고 독살스럽다.
13 비소(誹笑) 비웃음.
14 장대고 마음속으로 기대하며 잔뜩 벼르다.
15 왜떡 밀가루 또는 쌀가루 반죽을 얇게 늘여서 구운 피자.

* 금 따는 콩밭

1 간드렛불 광산의 갱(坑)의 안에서 불을 켜 들고 다니는 카바이드등.
2 푸리끼하다 조금 푸른빛을 띠다.
3 메떨어진 모양. 말소리가 어울리지 않고 촌스러운.
4 버력 광석이나 석탄을 캘 때 나오는, 광물 성분이 섞이지 않은 잡돌.
5 불똥 버력 소용없는 잡버력.
6 말똥 버력 양파 모양으로 벗겨져 부서지기 쉬운 버력.
7 굿엎은 구덩이가 무너지지 않도록 벽과 천장에 기둥을 세워 놓은.
8 시조를 하다 시조를 읊듯 언행이 느려 터지다.
9 바지게 발채를 얹은 지게. 발채는 짐을 싣기 위하여 지게에 얹는 소쿠리 모양의 물건.
10 풍치다 허풍치다.
11 대로(大怒) 크게 노하다.
12 지수 낌새.
13 엇서다 맞서 대항하다. 양보하거나 수그리지 않다.
14 결대 공사 중에 물건을 걸 때 쓰는 장치. 가름대와 들바로 되어 있으며 들바의 제한성을 보충하기 위하여 만듦.
15 허구리 허리 좌우의 갈비뼈 아래 잘쏙한 부분.
16 귀살쩍다 정신이 어지러울 정도로 뒤숭숭하다.
17 경상 좋지 못한 몰골.
18 도지(賭地) 남의 논밭을 빌려서 부치고 논밭을 빌린 대가로 해마다 내는 벼.
19 엇먹다 사리에 맞지 않는 말과 행동으로 비꼬다.
20 췌 주다 꾸어 주다. 빌려 주다.
21 신껏 신명이 나서.
22 조판다 망치다. 조진다.
23 꾀송거리다 계속해서 꾀다.

24 조당수 좁쌀로 묽게 쑨 당수.
25 일쩝다 귀찮다. 불편하다.
26 지지하다 어떤 일이 오래 끌기만 하고 보잘것없다.
27 재우치다 영락없다.
28 시체 당시 되어 돌아가는 상황. 또는 그 시대의 풍습과 유행.
29 다비신 꽃무늬가 새겨진 비단신.
30 옥당목 품질이 낮은 옥양목. 옥양목은 생목보다 발이 곱고 빛이 흰 무명.
31 희짜를 뽑다 짐짓 분수에 넘치게 굴다.
32 진언 주문.
33 금퇴 금이 들어 있는 광석.
34 맥적다 심심하고 재미가 없다. 부끄럽고 쑥스럽다.
35 재물화에 저절로 화가 나서.
36 내꼰지다 '내버리다'의 사투리.
37 하냥 한결같다.
38 노량 느릿느릿. 놀 양으로.
39 좌지 짜증.
40 헐게 늦다 일끝을 맺는 것이 야무지지 못하고 늘쩡늘쩡하다.
41 멈씰하다 '멈칫하다'의 사투리.
42 장구 오랫동안.
43 토록 광맥의 원줄기에서 떨어져 다른 잡석과 함께 광맥 밖의 곁에 드러나 있는 광석.
44 옥다 장사 따위에서 본전보다 밑지다.
45 피륙 아직 끊지 않은 베, 무명, 비단 따위의 천을 통틀어 말함.
46 불풍나다 경련이 일다. 근육에 쥐가 나다.
47 혹닥이다 세차게 다그치다.
48 얼쌈을 붙이다 얼떨결에 뺨을 때리다.
49 방고래 방의 구들장 밑으로 나 있는, 불길과 연기가 통하여 나가는 길.
50 낭창하다 가늘고 긴 막대기나 줄 따위가 탄력 있게 자꾸 흔들리다.

51 암상 남을 시기하고 샘을 잘 내는 마음.
52 적으나마 웬만하면.
53 곱색줄 붉은 빛의 광맥.
54 설면설면 슬금슬금.
55 뽕이 나다 비밀이 드러나다. 비밀이 탄로 나다.

* 노다지

1 만귀는 잠잠하다 깊은 밤, 모든 것이 자는 듯 고요하다.
2 신청부 사소한 일에 얽매이지 않고 시원스런 사람.
3 잠채 남의 광물을 몰래 들어가 채굴하는 일.
4 회양(淮陽) 강원도 회양군 서북쪽에 있는 면.
5 휘하다 쓸쓸하고 적막하다.
6 논의맥이 '나눠먹기'의 강원도 방언.
7 노느다 나누다.
8 매지매지 큰 물건을 골고루 나누는 모양.
9 계정 심술. 불평을 품고 떠드는 말과 행동.
10 좀팽이 체격이 작거나 성격이 좀스런 사람.
11 벽채 광산에서 광석을 긁어모으거나 파내는 데 쓰는 연장. 호미와 비슷하나 훨씬 크다.
12 형우제공(兄友弟恭) 형제가 서로 우애를 다함.
13 줄청 '줄곧'의 경기도 방언. 끊임없이. 잇따라.
14 시풍스럽다 허풍스럽다. 주제넘고 건방지다.
15 재치다 재우치다. 어떤 행동이 잇따라 진행되다.
16 손씨세 '손씻이'의 강원도 방언. 남의 수고에 보답하는 마음으로 적은 물건을 주는 일. 또는 그 물건.

17 뒷심 당장은 내비치지 않으나 뒷날에 이룰 수 있는 어떤 일을 기대하는 마음.
18 들껍쩍하다 방정맞고 거량스럽게 몸을 상하로 흔들어대다.
19 해껏 해가 질 때까지.
20 불퉁 바위 거죽이 울퉁불퉁하게 생긴 바위.
21 씸씸이 조금 씁쓸하게.
22 배시근하다 몹시 지쳐서 살이 뻐개지는 듯 거북살스럽다.
23 물은 ①무릇, 대개 ②물론.
24 사리다 조심하다. 경계하다.
25 가루지 '가로'의 강원도 방언.
26 길벅지 '길이'의 강원도 방언.
27 광술 관솔. 송진이 많이 엉긴, 소나무의 가지나 옹이.
28 줄 맥 여기서는 금맥(金脈)을 의미.
29 아달맹이 야무지고 대바르며 똑똑한 이.
30 동 쇠줄에 유용한 성분 함량이 적은 부분.
31 타래증 타래정. 돌을 쪼거나 다듬는 데 쓰는 쇠로 된 연장.
32 감 감돌. 수지 계산을 할 수 있는 광석.
33 들레다 셀레다.
34 하치 여기서는 '적어도'의 의미.
35 둥개다 일을 감당 못하고 쩔쩔매다.
36 무람없다 상대에게 격식을 차리지 않다.
37 윽살 몹시 짓눌려 짜부라지다.
38 마구리 막장의 뚫고 나가는 쪽의 문.

* 만무방

1 만무방 예의나 염치없는 잡놈의 무리. 제멋대로 되어 먹은 사람.

2 송낙 여기서는 소나무 겨우살이를 의미.

3 호아들다 이리저리 왔다 갔다 하다.

4 구메밥 죄수에게 옥문의 구멍으로 주는 밥.

5 사관을 틀다 급하거나 중한 병이 있을 때 네 곳의 혈(穴)에 침을 놓다.

6 내를 한다 냄새를 맡는다.

7 대구리 '대가리'의 강원도 방언.

8 울프냥궂다 을씨년스럽다. 마음이나 신세가 초라하고 구슬프다.

9 데생겼다 생김새나 됨됨이가 완전하게 이루어지지 못하고 못나게 생기다.

10 속중 속마음.

11 얼레발 '엉너리'의 방언. 남의 환심을 사기 위하여 어벌쩡하게 서두르는 짓.

12 시새장 모래밭.

13 괴때기 짚북더미.

14 역마직성(驛馬直星) 늘 분주하게 이리저리 떠돌아다니는 사람을 이르는 말.

15 꺼렸다 절었다. 먼지와 때에 절고 햇빛과 수분에 색이 바랜 상태.

16 조선문 언문. 한글.

17 섬 짚으로 성글게 엮은 가마니. 일반적인 가마니보다 큼.

18 매팔자 놀고먹는 팔자.

19 게트림 거만스럽게 거드름을 피우며 하는 트림.

20 회동그렇다 홀가분하다. 일이 전부 끝나 남은 것 없이 가든하다.

21 주재소 일제 강점기에 순사가 머무르면서 사무를 맡아보던 경찰의 말단 기관.

22 근대다 지근대다. 귀찮게 굴다.

23 기지사경(幾至死境) 거의 죽을 지경에 이름.

24 색조 세곡이나 환곡 또는 타작할 때 덧붙여 받던 곡식.

25 가뜩한데 그렇지 않아도.

26 깨깨 배틀리다 몹시 여위어 바른 모양.

27 국으로 제 생긴대로.

28 말찜 말짱. 속속들이. 모두.

29 들입다 세차게. 마구.
30 섭수 꾀. 수단.
31 엇먹다 사리에 맞지 않는 말과 행동으로 비꼬다.
32 단풍값 일제시대에 나왔던 담배 상표.
33 궐련 얇은 종이로 가늘고 길게 말아 놓은 담배.
34 궐자 '그'를 홀대하여 부르는 말. 작자. 인자
35 거대게 그어대다.
36 가새 '가위'의 방언
37 시쁘다 마음에 차지 아니하여 시들하다.
38 가축 만족한 듯 꾸며서 웃는다.
39 헌데 바깥.
40 어뜩비뜩 행동이 바르거나 단정하지 못한 모양.
41 매 매끼. 맷고기나 살담배를 잘게 갈라 동여매어 놓고 팔 때, 그 덩어리나 매어 놓은 묶음을 세는 단위.
42 노점 한방에서 말하는 폐결핵.
43 맥맥하다 갑갑하다.
44 매초롬이 곧게.
45 가생이 '가장자리'의 방언.
46 조기다 조지다. 호되게 때리다.
47 각다귀 남의 것을 등쳐 먹고 사는 사람을 비유적으로 이르는 말.
48 뒷심 뒷셈. 어떤 일이 끝난 다음에 하는 셈. 또는 그런 일.
49 개코 쥐코 떠들다 쓸데없는 말로 이러쿵저러쿵하다가.
50 완고척하다 완고스럽다. 고지식하고 노골적이다.
51 어수대다 어울리지 않게 우쭐대다.
52 한 케 한 캐. 함께 화투를 하자라는 뜻.
53 손두 손도(損徒). 부도덕한 인간을 그 지역에서 퇴출시키는 것.
54 설대 담배설대. 담배통과 물부리 사이에 끼워 맞추는 가는 대.

55 최게 꾸어 주게.
56 우격 억지로 우김.
57 우좌스럽다 우쭐대거나 잘난 체하다.
58 수짜질 수작질.
59 파토 '파투'의 사투리. 화투 놀이에서, 잘못되어 판이 무효가 되는 것.
60 알라 아울러.
61 구문 구전. 깨평돈.
62 눈을 뒵쓰다 눈을 뒤어쓰다. 눈을 부릅뜨다.
63 한고(寒苦) 추위로 인한 고생.
64 여갱이 '여우'의 강원도 방언.
65 격장 담 하나를 사이에 둔 이웃.
66 우두망찰 정신이 얼떨떨하여 어찌할 바를 모르는 모양.

| 작품 해설 |

김유정 소설에 나타난 웃음의 근원

 김유정 소설에 나오는 인물들은 대개 웃긴 인물로 그려지고 있습니다. 왜 그럴까요. 그것은 상황을 뒤집어 보기 때문입니다. 김유정은 단순한 상황도 재미있게 보려고 합니다. 이를테면, 싸움을 하더라도 재미있게 하지요. 실제로 김유정은 싸움을 할 때 울분을 참지 못해서 '남은 힘으로 엉덩방아를 찧고서야' 직성이 풀리는 사람이었다고 합니다. 공교롭게도 이런 김유정의 모습은 그의 소설에 나오는 인물들의 모습과 닮았습니다. 「봄봄」에서 장인과 머슴인 내가 싸우는 장면을 보세요. 장인에게 한참을 맞고 있던 나는 갑자기 울분을 참지 못해서 장인어른의 사타구니를 꽉 움켜쥐고 맙니다. 이를 본 점순이가 나를 떼어 말리는 장면은 몹시 재미있게 그려지고 있지요. 「동백꽃」의 점순이와 나의 싸움도 비슷합니다. 점순이는 시도 때도 없이 자기 집 닭을 데리고 와 우리 집 닭과 싸움을 시킵니다. 점순이가 닭싸움을 시키는 것은 점순이가 나를 좋아한다는 표현이지요. 그런데 나는 그러한 점순이의 마음을 몰라줍니다. 싸움을 걸어도 싸움이 되지 않자 나중에는 흐지부지 끝내고 말지요. 이것은 싸움을 장난처럼 즐기려는 작가의 의도가 깔려 있는 것입니다. 김유정 소설에 나오는 인물들은 여러 가지 상황들을 그다지 심각하게 받아들이지 않고, 그냥 살아가면서 겪게 되는 재미있는 이야기로 받아들이고 있어 더욱 우스꽝스럽게 그려지고 있습니다.

웃음을 유발하는 해학과 풍자의 장치

김유정 소설을 두고 대개 해학과 풍자가 많이 나타난다고 말합니다. 해학은 말이나 행동을 통해서 웃기는 것을 말하고, 풍자는 약간 비틀면서 웃기는 방법을 말합니다. 김유정 소설에는 이런 장면이 많다는 것이지요.「봄봄」과 「동백꽃」에도 해학과 풍자가 많이 나옵니다. 김유정은 어린 시절에 부모를 잃었고 외롭게 자랐습니다. 스무살 남짓한 나이에 폐결핵에 걸린 그는 참으로 불우한 삶을 살았지요. 그런데도 그의 소설에 등장하는 인물들은 늘 웃기는 인물로 그려지고 있습니다. 그 이유는 무엇일까요. 그는 세상을 긍정적으로 바라보고 가슴속에 응어리진 슬픔과 고통을 웃음으로 승화하고 싶었기 때문입니다. 이러한 웃음은 그의 소설의 등장인물에 고스란히 반영되어 현실을 이겨 내는 한 방법으로 활용되고 있습니다.

또 김유정 소설에 나오는 웃음은 인물을 부각시키기 위한 일종의 장치로 보입니다. 김유정 소설의 주인공들은 대개 순박하고 우직한 인물들입니다. 그렇다고 그들이 현실에 적응하지 못하는 바보 같은 인물은 아닙니다. 다른 등장인물은 영악한데, 주인공들은 너무 착하고 순진해서 우습게 보일 뿐입니다. 그래서 어떤 때는 슬퍼 보이기도 하지만, 대개는 상황을 잘 파악하지 못하기 때문에 웃기게 보이는 것이지요. 「봄봄」에 나오는 주인공을 보세요. 점순이 키가 어느 정도 크고 나면 혼례를 시켜 주겠다는 장인어른의 말만 믿고 일을 합니다. 보통의 상식으로 생각하면 일정한 기간을 정해 놓고 약속을 하든가, 그렇지 않으면 점순이의 나이가 얼마나 되면 혼례를 시켜 달라고 해야 하는데, 이 소설의 주인공은 너무 착해서 그것을 따질 줄 모릅니다. 다른 사람을 너무 믿기 때문에 일어나는 일이지요. 그렇다고 주인공 나는 바보스러운 사람도 아닙니다. 걱실걱실 일도 잘하고, 믿음직하기로 동네에서 소문이 나 있습니다. 그런 사람이 자신의 일만큼은 정확하지 못하지요. 김유정 소설에 나오는 웃음의 의미는 그만큼 주인공이 순진하다는 것을 말하기 위한 장치인 것입니다.

「동백꽃」의 주인공도 보세요. 점순이는 늘 내게 관심을 가집니다. 산에 가는 내게 감자를 건네기도 하고, 수시로 우리 집 담장을 슬쩍 넘보기도 합니다. 산에서 내려오는 나에게 호드기라는 피리를 불면서까지 관심을 가져 달라고 말하고 있는데도 나는 그 영문을 모릅니다. 아무리 나이가 어린 독자라고 해도 점순이가 그 정도의 관심을 보이는 것은 나를 좋아하기 때문이라는 사실을 알 터인데, 유독 소설의 주인공만 잘 알지 못합니다. 이와 같이 김유정 소설의 인물들은 세상에 물들지 않는 순진한 인물들이지요. 이러한 순진한 인물들은 독자들로 하여금 웃음을 불러일으키는 것입니다.

가난한 현실에 대한 연민과 아름다운 우리말

그 밖에도 김유정 소설은 몇 가지 특징을 보입니다. 먼저, 일제 시대의 가난한 농촌 현실을 반영하고 있습니다. 「만무방」은 소작을 하는 응오와 응칠이 형제를 주인공으로 하고 있는데, 이들은 가난하기 때문에 나락 도둑으로 몰리게 됩니다. 「소낙비」는 가난한 현실 때문에 아내를 다른 남자에게 보내야 되는 안타까운 상황이 묘사되고 있으며, 「금 따는 콩밭」은 콩밭에 나오는 수입으로는 도저히 살아갈 수 없는 농촌 현실이 풍자적으로 그려지고 있습니다. 「동백꽃」의 주인공은 감자 하나도 제대로 먹을 수 없는 가난한 소작인의 아들이고, 「봄봄」의 주인공은 머슴으로 살아가는 가난한 농촌 청년입니다. 이렇듯 그의 소설에는 가난한 농촌 사회의 모습이 잘 나타나 있습니다.

또한, 김유정 소설은 강원도 사투리를 잘 살려 내고 있습니다. 김유정의 가족은 그가 여섯 살 때 고향인 강원도를 떠나 서울로 이사를 했습니다. 하지만 김유정은 연희전문 문과를 중퇴하고, 고향인 강원도 실레마을로 내려와 농촌 계몽운동을 하며 소설을 쓰기 시작합니다. 그의 소설에 강원도 사투리가 많이 나오는 까닭은 이러한 영향 때문이라 할 수 있습니다.

작인이 닭 마리나 좀 보내지 않는다든가 애벌논 때 품을 좀 안 준다든가 하면 그해 가을에는 영락없이 땅이 뚝뚝 떨어진다. 그러면 미리부터 돈도 먹이고 술도 먹이고 안달재신으로 돌아치던 놈이 그 땅을 슬쩍 돌라안는다. -「봄봄」중에서

인용한 글은 「봄봄」을 발표 당시 표기대로 옮겨 놓은 것입니다. 여기에 쓰인 '애벌논', '안달재신', '돌아치다', '돌라안는다' 등의 잊혀져 가고 있는 우리말을 문맥에 알맞게 사용하였기 때문에 그 상황이 더욱 선명하게 드러납니다. 이처럼 강원도 사투리를 비롯하여 다른 지방의 사투리, 옛말, 새로 만든 말 등 아름답고 풍부한 우리말을 잘 살려 낸 것이 김유정 소설의 중요한 특징 중의 하나입니다.

그가 처한 현실은 안팎으로 참으로 힘들었을 때입니다. 몸은 병이 들었고, 시대는 일제 식민지의 상황에 놓여 있었습니다. 그는 그 힘든 시대를 극복하기 위해서 세상을 새롭게 보려고 했습니다. 그는 해학과 풍자가 담긴 웃음으로 세상을 보았기 때문에 힘든 현실과 아픈 몸에도 불구하고 한국 문학사에 빛나는 작품들을 발표했습니다. 김유정 소설은 도저히 웃을 수 없는 현실을 살아가는 사람들의 슬픔과 고통을 웃음으로 승화시키고 있다는 점에서 문학적 가치가 높다고 할 수 있습니다.

- 황선열 (문학평론가)

《김유정 연보》

1908년 1월 11일 강원도 춘천시 신동면 증리에서 김춘식과 청송 심씨의 8남매(2남 6녀) 중 차남으로 태어남. 아명은 멱설이.
1915년 3월 18일 어머니 청송 심씨 사망.
1917년 5월 23일 아버지 김춘식 사망. 이후 형 유근의 방탕한 생활로 가세가 기울기 시작함.
1920년 재동공립보통학교에 입학. 1923년에 졸업 후 휘문고등보통학교에 입학. 훗날 소설가가 된 안회남과 친하게 지냄.
1928년 형 유근이 가산을 탕진하고 가족과 함께 춘천 실레마을로 이사해 김유정은 삼촌 집에 얹혀 지냄. 가을 무렵 만난 박녹주에게 첫눈에 반해 편지를 보내기 시작함.
1929년 휘문고등보통학교 졸업. 둘째 누님 유형의 집으로 거처를 옮김.
1930년 연희전문학교 문과에 입학하였으나 6월 24일 제명된 후 자퇴함. 짝사랑했던 박녹주에게 거절당하고 실레마을로 내려와 방랑 생활을 하며 들병이들과 친해짐. 늑막염이 발병했으며 안회남의 권고로 소설 습작을 시작함.
1931년 실레마을에 야학당을 열고 1932년에 금병의숙(錦屛義塾)으로 개칭해 간이학교로 인가받음. 6월 15일 첫 단편소설 「심청」 탈고.
1933년 서울로 올라와 사직동에서 누님 유형과 함께 기거. 늑막염의 악화로 폐결핵 진단을 받음. 1월 13일 「산골 나그네」 탈고, 〈제1선〉지 3월호에 발표. 8월 3일 「총각과 맹꽁이」 탈고, 〈신여성〉 9월호에 발표.

1934년 누님 유형이 혜화동에 셋방을 얻어 밥장사를 하고 김유정은 창작에 전념함. 「정분」, 「만무방」, 「애기」, 「노다지」, 「소낙비」 탈고.

1935년 〈조선일보〉 신춘문예에 「소낙비」 1등 당선. 〈조선중앙일보〉 신춘문예에 「노다지」 가작 입선. 이후 여러 문예지에 「금 따는 콩밭」, 「만무방」, 「솥」, 「봄봄」 등을 발표. 구인회(九人會)에 후기 동인으로 가입함.

1936년 폐결핵과 치질이 악화되어 신당동 형수 댁을 비롯해 여러 곳을 전전하며 투병함. 시인 박용철의 누이 박봉자에게 구애하였으나 거절당함. 평론가 김문집이 병고 작가 구조 운동을 벌여 모금을 해 줌. 소설 「심청」, 「봄과 따라지」, 「가을」, 「두꺼비」, 「봄밤」, 「이런 음악회」, 「동백꽃」 등을 발표.

1937년 병이 악화되어 경기도 광주군 다섯째 누이 유흥의 집으로 거처를 옮겨 요양함. 소설 「따라지」, 「땡볕」, 「연기」와 수필 「병상영춘기」, 「네가 봄이런가」 등 발표. 3월 18일 안회남에게 보내는 마지막 편지 「필승전」을 쓴 뒤, 3월 29일 오전 6시 30분에 세상을 떠남. 유해는 화장하여 재는 한강에 뿌려짐.

1938년 단편집 『동백꽃』(삼문사) 발간.

1968년 김유정기념사업회 발족. 『김유정 전집』(김유정기념사업회 편, 현대문학사) 발간. 김유정 문인비 건립.

2002년 김유정문학촌 개관(생가 복원, 기념관 건립) 이후 김유정문학캠프, 김유정문학제 등 다양한 행사를 매년 정기적으로 거행.